JN033997

黄色いコスモス

草川八重子 *Yaeko Kusakawa*

花伝社

黄色いコスモス

目次

初出一覧

「黄色いコスモス」…『内田百閒生誕百年記念　岡山・吉備の国文学賞　短編部門入賞作品集』岡山県郷土文化財団、平成三年
「青い椅子」…「民主文学」一九八七年二月号
「海の墓標」…「民主文学」二〇〇五年一月号
「サファイアの海」…「民主文学」二〇二二年九月号
「タイケンビル」…「民主文学」二〇〇七年六月号
「雀」…「文化評論」一九八五年五月号
「風車」…「民主文学」一九八八年一月号
「ガーネットさん」…「民主文学」一九九二年八月号
「青い花」…「全電通作家」三二号
「三月の雪」…「白桃」七号、二〇一七年九月
「手」…「白桃」一八号、二〇二三年一月
「テンポラリー・マザー」…「民主文学」二〇一〇年一〇月号

黄色いコスモス

庭のつつじの脇に、小さな木が生えている。モズかヒヨドリのプレゼントであろう。二十センチに足りない幼さなのに、木の風格をもって、まっすぐに立っている。

あなたは何て名前なの。

わたしは結婚して出ていった息子の部屋から、植物図鑑を持ってきた。濡れ縁に腰かけて開いてみる。

葉の形でしか判断できないが、「イイギリ」というのに似ている。「実がナンテンに似ているので、ナンテンギリの名があり、小鳥が食べる。大木になり、高さ十米」とあった。わたしは無数の真っ赤な実をぶらさげた、十米の大木を想い描いた。

秋の澄んだ光の中で、緑の葉の間から葡萄のような実が真紅に輝いている。たくさんの小鳥が集って、さぞ賑わうことだろう。だが、十米にもなればこの家はイイギリの木の下にかくれてしまう。

それもよきかな。第一、それまで生きてるかどうか……。

わたしは心の中で呟いて、久しぶりに開いた植物図鑑をめくりはじめた。子どものように足をぶらぶらさせながら。そして、ある頁で化石となった。

あっ、この花！

雪子の死んだ敗戦の年以来、一度も見たことのない花である。花屋でも、どこかの庭先でも。

庭はもちろん、ベランダにも鉢やプランターを置き、季節毎にたくさんの花を咲かせている家が近くにある。そこでも、この花は見なかった。黄色い、コスモスのような花だった。あれは、わたしの胸の中にだけ存在する幻の花かもしれないといつか思い、そしてそれも忘れていた。その花が当り前の顔をして載っている。キバナコスモスと、そのものずばりの名前をつけられて。「メキシコからきた草花、コスモスより早く咲く。高さ一メートル」と説明がある。

この花が山の斜面全体に咲き、風にそよいで黄色く波打っていた。戦争の終る一ヶ月前、その斜面に芋が植っていないのは、村の共同墓地だったからである。墓地の入口の六地蔵のそば迄は、芋畑が這いのぼっていた。

黄色い波の間には、古い墓石や黒ずんだ卒塔婆が立っている。わたしはそれらの異物は視野に入れず、豪華な美しさに酔った。だがそれだけなら、疎開先の一場面として何年かの後には忘れてしまったかもしれない。十歳のわたしに忘れられない花となったのは、その何日か後に、黒々とした土にまじったこの花を見たからだった。

突然亡くなった四歳の妹のために掘られた穴のまわりも花でふちどられ、真新しく匂う土の底にも、この花が落ちていた。小さな柩にかけられる土にも、黄色いコスモスは一段とその色を鮮かにしてまじっていた。妹の小さな守り手のように。母の故郷の山に咲いたこの花が、妹を飾るただ一つの花だった。一枚の写真も残っていない妹の、化身ともいえる花だった。

朝、出勤する父を見送るのが雪子の日課のはじまりだった。格子戸を自分の身体の幅だけあけて、足は内に入れたまま、身をのりだして父を見送る。

「おはようおかえり。おみやげ、あったらこうてきてね」

あったらというところに力をこめて、雪子は父の後ろ姿に向かっていう。

「よしよし」

父はふりかえると雪子に笑顔をみせて、角を曲がっていく。

雪子のいうおみやげとは、「なんばのポン」のことである。とうもろこしに薄い塩味をつけて、はじけさせたものが小さな三角の袋に入れて売られている。街で売っている、それが唯一の菓子といえるものだった。それも、売り切れの日が多かった。チョコレートやビスケットはもちろん、干しバナナももう姿を消していた。太平洋戦争がはじまった翌年に生まれた雪子は、おみやげというものを「なんばのポン」以外に知らないのであった。

二日か三日に一度、夕食の後で父が鞄からおみやげの袋をとり出す日がある。雪子は手を叩いて、部屋中を跳ねた。父が「ほら」といって袋をさし出しても、雪子はすぐに受け取ろうとはしない。そのうれしさを存分に身体中に感じ、味わいつくしてから、そろそろと父に近付いてゆく。あれは雪子の儀式だったのだろう。貴重なおみやげを迎えるにあたっての。

底の尖った三角の袋を開くと、雪子はそれを一粒ずつみんなに配って歩く。

「はい、おばあちゃん」

「はい、おかあちゃん」

「はい、おねえちゃん」

「はい、おとうちゃん」

みんながおしいただいて口に入れると、雪子も一粒自分の口に入れる。それからまた、みんなのところを配ってまわるのである。

「もうええ、お姉ちゃんと二人でおあがり」

祖母や母がいっても、雪子は止めなかった。一粒ずつ配って歩くのが楽しくて、うたうように
「はい、おばあちゃん」とくりかえす。

「こんなに喜ぶんやから、あったら毎日買うてきたってや」

祖母がいわでものことを、つい口にするのもいつものことだ。何粒かの「なんばのポン」と雪子が、その夕を楽しくはずませる。

朝毎におみやげあったらと、雪子は父に呼びかけた。着替えをすまさない寝巻のままであっても、朝御飯を食べかけたばかりであっても、寒い朝まだ靴下をはいていなくても、その一言を父の後ろ姿に向かっていうために、雪子は玄関に走った。

父を最後に見送ったとき、雪子はおみやげあったらとはいわなかった。三歳にならない雪子にも、父がおみやげを買って帰れるところに行くのではないことがわかったのだろうか。それともその朝のものものしい雰囲気が雪子をおびえさせたのか。雪子は人の出入りの激しい家の中で、綿入れの半纏を着て祖母と二人、火鉢の前に座っていた。三十五歳で召集されていく父が、白い

たすきをかけて最後に雪子を抱きあげたときも、雪子は緊張した白い顔で、黙って抱かれていただけだった。

雪子はわたしと七歳ちがいの妹だ。その間に母は二度流産した。無事生れた次女が色白のふっくらとした目の大きな子だったから、家族の愛情を一身に浴びたのは当然のなりゆきだった。

「雪ちゃんみたいな女の子が授かりますように」

化粧品の匂いのする近所のお嫁さんは、雪子を見るたびに念じているのだといった。子どもが学校へ行くようになって、小さな赤ん坊が珍しく懐かしくなったおばさん達は、用足しに行くとき雪子を抱いていきたがった。

戦争がひどくなると、雪子は重宝がられた。農家へ野菜などを買いに行くとき、雪子を連れて行くのである。しぶっていた農家の人も、雪子を見るとなにがしかのものを分けてくれるからだった。次々と雪子は借りられていった。農家のおばさんも、雪子の手にトマト一つ、かき餅一枚持たせてくれる。だから雪子も喜んで、誰にでも抱かれていった。何をもらってきても、雪子は母に渡して「わけて」といった。雪子が口にした言葉をすべて数えたとすれば、最も多いのが「わけて」だったのではあるまいか。

雪子が目を伏せると、睫毛の影が頰に落ちて一所懸命何かに耐える表情になる。いたずらをした雪子を叱っても、そんな表情を見ると、叱った方がたちまち後悔する。近所の人に抱かれて買い出しにいくと、雪子ははじめににっこり笑い、「おばちゃん、こんにちは」と挨拶するという。

その後で耐える表情になるそうだ。自分の果す役割りを、三歳の子が自覚していたというべきか……。それで雪子がもらってくるものを、わたしたちは食べたのだった。抵抗しながらもしきれずに。

わたしが雪子を叱るのは、いつも決ったことだった。手を触れることを禁じてある箱を、雪子がそっと開いてみるからだ。机の引き出しにしまってあるが、箱の向きや入れてある場所で、雪子が出したかどうかすぐわかる。

チョコレート色のしっかりした紙箱で、蓋は開きになっている。北支のチャムスにいた叔父が、まだ戦争に行く前にくれたものだった。岡山から一度だけ京都に来たとき、神戸に立ち寄って買ってきてくれたおみやげだった。中には銀紙で一粒ずつくるんだマロングラッセというものが入っていた。

その箱にわたしは二十個ほどのブローチを入れていた。みんな友だちからもらったものだった。胸に止めたことはなかったけれど、持っているだけで楽しかった。わたしは時々その箱を出して、ブローチをとり出す。そして、端布をつなぎあわせてつくった座布団の上に置いてゆく。座布団は、わたしの着られなくなったワンピースや、布団の衿にかかっていた黒い別珍(べっちん)や、祖母の前掛で見たことのある縞物などが、十五センチ四方の大きさに揃えてつなぎあわされていた。

ブローチはもちろんみんな安物で、お祭りの屋台や輪投げの賞品、駄菓子屋の「あてもん」などで手に入るものだった。樹脂を固めて花の形にしてあり、真ん中に銀粉のようなものが貼り付けてあるもの、セルロイドか何かでつくった小鳥や蝶々。ガラスの天道虫や靴、ニセ真珠をつないで、開いた花火のようにしたもの。何かの種に色をつけたものなど、みんなカーバイトの臭いのするような「宝石」たちだった。

そのブローチが、置く布によって表情を変える。黒い別珍の上にニセ真珠を置けば、たちまち貴族的な雰囲気になる。渋い縞の上にセルロイドの小鳥を置けば、もうそこが小鳥の家となるのだった。わたしはこの遊びを「これをここに」と呼んでいた。その時は雪子も呼んでやる。雪子はどんなに泣きじゃくっていても、「『これをここに』をやるよ」と声をかけると、涙を拭いてとんできた。

雪子は夜店や祭りの日の参道を知らない。このブローチたちが、奇跡のように美しいものと思われるのだろう。箱を開くと、はじめて見るように何度でも感嘆の声をあげた。そして、こんなにも美しいものを持っているわたしを憧憬のまなざしで見るのだった。

「これはどこがいい」

時にわたしは雪子にもちかけてやる。

「ここがいい」

何回もくりかえしていると、雪子もそのブローチの一番似合うところを知っている。

わたしが学校に行っている間、雪子は一人こっそりとその遊びをするのだった。だがそれはわたしの宝物だったから、わたしの許可なく手を触れるのは許せないのである。

わたしたちが母の故郷に疎開したのは、昭和二十年三月末だった。東京、大阪の大空襲の後、京都も時間の問題だといわれていた。わたしの通う国民学校では、鞍馬に集団疎開が決っていたが、田舎につてのある者には縁故疎開が奨励された。

父からは、半年前に朝鮮の全州という所から二度便りがあった。七十二歳の祖母と、数え年で十一歳と四歳の子どもを守らなければならない母は、故郷に疎開する道を選んだのだった。農家ではなく、母の血縁は誰もいない家である。母は母親を十歳で亡くしていた。母と弟は祖母に育てられたが、祖母もまた九年後に亡くなった。

輸送船に乗っていた父親は、家をとりしきる主婦が必要だと考えて再婚したのだろう。その義母だけが一人住む家である。

出発は慌ただしかった。間際になって、どうしても行かないといい出した祖母を、同じ町内に住む父の兄の所に送り、わたしたちの荷作りをした。宇野までの切符を手に入れるために、母は二日間駅の行列に並んだ。出発の日は、まだ夜の明ける前に家を出なければ席はとれないだろうという。

「いよいよやな。みんな元気でな」

出勤の前に、伯父が京都駅まで見送ってくれるという。一番重いリュックを背負って、わたしたちにいった。雪子にも、わたしの遠足用のリュックに着替えを入れて背負わせる。わたしの机も、「シロジニアカク……」と鳴らした卓上ピアノも、「これをここに」をするのに欠かせない座布団も、みんなこの家とともに眠りにつく。わたしたちと二度と会うことなく、焼け落ちてしまうのだろう。

　母は玄関の鍵を伯父に渡して、

「おたのもうします」と頭をさげた。

「よっしゃ、よっしゃ」

　伯父は国民服のポケットにしまうと、わたしたちをうながして歩き出した。わたしには遠くへ出かける嬉しさも、京都を離れる感傷もなかった。四月から通うことになる学校への不安も、おなかいっぱい御飯が食べられるかもしれないという期待もなかった。定められた道を黙って歩いていく、それが少国民といわれたわたしたちの戦争だった。

　まだ仄暗い通りに、わたしたち四人の大小の足音だけが響いていた。電車は空いていたのに、京都駅には驚くほどの人がいた。わたしたちは何度も確かめて、長い行列に加わった。リュックをおろすと伯父はもう一度、一人一人に元気でな、とくり返して帰っていった。荷物を囲んだ三人は、ホームにしゃがみこんでいた。そして三人ともしばらく眠ってしまったのだった。

　気がついてみると、荷物が一つなくなっていた。弁当を入れた手さげ袋である。それだけが消えていた。母とわたしが交代で捜しに行った。ホームに埋まった人と荷物をウロウロと見てくるだけで、そんな所にあるはずもなかった。

母子三人大きな荷物を持ち、弁当がなくなったと騒いでいるのを見ても、誰も関心を示す人はいなかった。これでわたしたちは、空腹を抱えて汽車の旅をすることになる。幸い、おやつに食べるようにと伯父がくれたふかし芋が三本あった。小さな水筒にお茶もある。

汽車は十時すぎに発車した。わたしたちは一人分の座席をとることが出来た。通路の衣類の入った鞄の上に、わたしが腰かけた。通路にも人がぎっしり座り込み、便所の中まで乗っているという話だった。みんな疲れ切っていた。

「ゆっこ、もう憶えた」

雪子は母の膝で、わたしにいった。雪子が万一はぐれた時、どこに行くのか疎開先の住所を教えたのである。二日間も駅で行列しなければ切符が買えなかったから、混雑は予測できた。だから昨日あわてて、二人でお経のように称(とな)えたのだった。

「オカヤマケン、コジマグン、ヤマダムラ、オオアザヤマダ、コアザシライシ、ササキカナカタ、イワムラユキコ」

ほらね、と得意そうに雪子はわたしの方に顔をつき出した。楽しいことが次々と出てくるおまじないを称えたように。

「オカヤマケン、コジマグン……」

雪子がもう一度、わたしをうながして称えはじめ、わたしも小さな声でそれに和した。雪子の瞳にいたずらの光が走り、全身で笑う準備をしているのがわかる。

「ササキ、カタカナ」

その思いつきに雪子ははずみ、花がゆれるように笑み崩れる。雪子は生れてはじめて汽車に乗り、はじめて「旅行」というものをしているのだった。弁当を盗まれた「疎開」への出発であっても、雪子には楽しいのであった。わたしも雪子に感化され、二人で「しりとり」や「せっせっせ」など、道具のいらない遊びをくりかえした。


「よう帰ってきんさった」

母がわたしたちを連れて挨拶にまわったとき、近所の人はみなそういってくれた。

「これが、きっつあんの……」

近所の人たちは、母とわたしたちを見比べて納得したように頷くと、もう一度「よう帰りんさった」といった。

わたしには、母が「きっつあん」と呼ばれるのが珍しかった。近くの伯父、伯母は「喜代子さん」といったし、京都の近所のおばさんたちは「岩村はん」と呼んだ。きっつあんという呼び名には、母の子ども時代が偲ばれた。

雪子は誰からもかわいいといわれ、名前は、歳はと尋ねられた。

「いわむら、ゆきこ」

一字ずつ区切るようにいって、雪子はぱっと手を開く。それから親指を折り曲げて「よっつ」

と答え、手をひっこめて恥かしそうに笑う。それから、隣にいるわたしに向って、ナイショというように「オカヤマケンもいおか」という。わたしが笑って頷くと、

「オカヤマケン、コジマグン、ヤマダムラ」

雪子は一所懸命、この地の住所を称え出す。

「賢い子ぞねー」

おばさんは目を細め、感心して頭をふる。そして奥に入ると、ふかした芋やあられなどを紙に包んでくれるのだった。

「あそびにこられ。お姉ちゃんも」

わたしたちが帰るとき、おばさんはそういって見送ってくれる。次にいった家でも、その次の家でも雪子は自分の芸を披露した。そのたびにみんなは感心して、何かをくれる。ある家では、わたしが見たこともない大きな梨を、「ほら、雪ちゃんの頭ほども大きかろう」と持たせてくれた。穴の中に囲ってあったから、茶色い梨は今頃までもっているのだという。わたしは次第に情けなく、不愉快になった。雪子がまた、「オカヤマケン……」とはじめたとき、わたしは雪子の腕をきつく引っぱった。でも雪子は止めなかった。わたしは意地悪い気持ちになって、もう一度雪子の腕を引っぱった。雪子は最後まで称えると、わたしを見上げた。丸い大きな目に、涙がいっぱい溜っている。どうしてそんなことをするのかと、雪子の瞳が問うている。わたしにもよく説明できない恥ずかしさとみじめさにそっぽをむくだけだった。

わたしたちの疎開した母の実家は、山田村のメインストリートに面していた。正確にはその門と店が面しており、母屋はその間の庭を隔てた奥にあった。店は戦争が激しくなるまで、日用雑貨を扱う万屋（よろずや）だった。バスの停留所に近かったから、夏はラムネやミカン水も冷し、店の前にはいくつもの床几（しょうぎ）が置かれていたという。

わたしは祖父の乗っていた輸送船が沈没し、その葬儀が行われた昭和十七年の春に来ている。そのとき、もちろん店は休んでいたが、まだ廃業はしていなかった。いくつものガラスの陳列棚には、何かしら商品が入っていた。

わたしたちはその店で暮すことになった。街道と母屋の庭に面する双方にガラス戸があり、広い土間に三畳程の板間がある。そして別に、壁とガラス戸で仕切った六畳の部屋があった。街道に向かって大きな窓があり、押入れもついている。陳列戸棚に紙を貼って、わたしたちは水屋や本棚、箪笥の代りにもした。

わたしたちが近所へ挨拶にいったとき、何人かのおばさんは、店があって良かったという意味のことを、眉をひそめて笑いながらいった。義母のカナが、病的なほどのきれい好きなのである。近所の人が来て話し込んでお茶を飲み、何かをつまんで帰っていく。するとすぐ彼女は座布団を外ではたき、客の踏んであがった玄関のあがり口を拭かなければ気がすまない。彼女が外から帰れば、手洗い、うがいはもとより、着ているものをすっかり着替えねばならなかった。上衣やスカートは陽に干して叩き、下着はただちに洗濯した。汗などかかない季節でもそうである。だから同じ家屋の中で一緒に暮したら、おたがいの精神衛生によろしくないのは誰にもわかっていたのである。彼女が洗濯をするとき、ギッチコ、キッチコとポンプを押して水を出すのがわたしの役目だった。

山田村の国民学校に通うようになると、わたしはすぐ学校にも村の暮しにも馴じんでいった。毎日一時間、学校から鍬をかついで裏山の開墾に行くのも結構楽しかった。掘り返した土の中から石を拾いながら、ヒロちゃんがいう。

「あんたの家の前は、自動車がブーブーいうて通ろう?」

一日二回、木炭バスが通るだけで、馬車の方がよく通るが、わたしは「うん」という。

「あんたの家はぶげんしゃじゃけえな。うちは貧乏じゃけえ、ビービーいうて通らあ」

それからヒロちゃんは、みんなに聞えるように声をはりあげる。

「チヅちゃんの家はぶげんしゃじゃと。自分でいうとるよ」

ヒロちゃんは学校中で一番背が高い。色黒といわれたわたしよりも黒くて光った肌、よく動く大きな目、野生動物のような女の子である。ヒロちゃんはわたしに皮肉をいって、意地悪をしたつもりだろうけれど、わたしはおかしくて笑ってしまう。あまりに子どもっぽいではないか。

「アキちゃんは泣いたのに、チヅちゃんは笑うとる」

ヒロちゃんは、自分も大きな口をあけて笑った。アキちゃんは三ヶ月前に、神戸から疎開してきた子だった。これはヒロちゃんの、疎開っ子に対する試験でもあるらしかった。わたしはヒロちゃんの気に入られ、休み時間に誘われて、教壇の下にあいた穴から床下にもぐり込み、茹でた田螺(たにし)やいり豆を食べる仲間に入った。ヒロちゃんや彼女の手下が、毎日自分の家から何がしかの食べものを持ってくる。それを食べるというだけだが、教室の床下にもぐるのが、いかにも秘密をわけもち、宗教的な儀式のように感じられたのだった。

床下仲間のクニちゃんは、わたしを家につれていって御飯を食べさせてくれることがあった。自分の部屋にわたしを通してから、台所へお櫃(ひつ)と茶碗をとりにいく。彼女の家は田畑が広く、それこそ分限者(ぶげんしゃ)であるらしかった。大きなお櫃を抱えてきて、クニちゃんはわたしを見ながら蓋をとる。中に入っているのは、輝くばかりのえんどう御飯だった。えんどう豆の緑が散っているから、白米は青味をおびてみえる。わたしのあげる歓声に笑いながら、クニちゃんは御飯を山盛りによそってくれる。そして二人はせっせと食べる。

わたしの家にも友だちが次々と遊びにきた。わたしのところに食べるものは無いが、雪子と遊べるからだった。抱いたりおぶったり、雪子の髪にリボン代りの布を結んだり、生きているお人形にして遊ぶのである。セルロイドのキューピーも着せ替え人形もなかったから。おまけに雪子は言葉も話すし、笑いもする。田舎に来て毎日陽焼けの色を濃くしていくわたしと反対に、雪子は元のままだった。

何人かの友だちに、わたしは「宝石箱」を見せた。端布をつないでつくった座布団はなかったが、畳の上に並べるだけでも、誰もが感嘆の声をあげた。そして誰もが、そのどれでもいいと欲しがったが、わたしはさっとしまい込んだ。ヒロちゃんにも、クニちゃんにもあげなかった。

「これ、ちょうでえ」

ヒロちゃんは、天道虫の形をしたブローチが気に入って、中々離そうとしなかった。あげてもいいなと思ったとき、彼女がいった。

「これくれたら、うちから何か持ってくるけえ」

「何かって」

「米でもうどん粉でも、内緒でもってくるけえ」

ヒロちゃんは自分の思いつきに、顔を輝かせた。その申し出は魅力的だった。あまりに魅力的で、身体がぐらぐら揺れそうだった。わたしは黙って手をのばすと、ヒロちゃんの手からブローチを取りあげた。


朝、学校にいくわたしを、父のいる頃そうしたように、雪子は毎朝見送った。

「おねえちゃん、おはようおかえり！」

雪子は街道に出て、手を振っている。家の前をまっすぐ三百米余り北に行き、左に折れると学校だった。わたしの姿が見えている間、雪子は手を振り続ける。時々「ユキちゃん」と声をかけていく近所のおばさんや、わたしの友だちにも手を振った。父と違って、わたしは雪子におみやげを持って帰ったことはない。時々遊びに行くヒロちゃんやクニちゃんの家で、出してくれるものを食べることはあったが、雪子の分までもらって帰るわけにはいかなかった。

たった一度、わたしは雪子におみやげを持って帰ろうとしたことがあった。七月に入って、裏山の芋畑に草取りにいった帰りであった。最後の時間が勤労奉仕で、そのまま家へ帰ってもいいのだった。

生徒たちが開墾し、芋を植えた畑の南の斜面が、この村の共同墓地だった。通路を除いて一面に黄色い花が咲いていた。花の間に墓石や卒塔婆が見える。わたしはその花をつんで、雪子に持って帰ってやろうと思ったのだった。小さな花束をつくって、ハイ、おみやげと渡してやる。それから、さらさらと流れる雪子の髪に、一本さしてピンで止めてやろう。鏡を見た雪子が何というだろう。

わたしは夢中で黄色い花をつみはじめた。クニちゃんがわたしのそばにくると、わたしの手をおさえた。お墓の花はつんではいけないというのである。この花は、ここに埋めた人の生まれかわりなのだから、その人たちがもう一度地上に出てきて咲いているのだから。花をつめば、その人たちは二度死ぬことになる、とクニちゃんはいった。わたしは花をつむのを止め、左手に握った花を古びた卒塔婆の前においた。だからここは、墓石が埋れるほど花が咲いているのだった。

雪子へのおみやげはなくなったが、クニちゃんのいったことは、わたしの心に沁みた。

その朝早く、雪子は下痢をした。わたしが学校にいくとき、雪子はまだ布団の中にいたが、起きあがって送りに出ようとした。

「今日はここで、お姉ちゃんにいってらっしゃいしなさい。昨日暑い中を買い出しにいったから、熱射病になったんかもしれん」

母はそういいながら、雪子の髪を撫でた。このところ、母は三キロ離れた隣村まで、雪子をつれて食糧を仕入れにいくのだった。山田村は母の生れ、育った村である。顔見知りは多い。だがそれだけに、食べものを売ってくれと頼むのは嫌だったのだろう。いっそ知らない家で交渉する方が、ことわられても嫌な尾を引かずにいいと思ったのだろう。途中で村の人に出会うかもしれないから、リュックサックをかついでいくのも仰々しい。母は手さげ袋を二つ持って、でかけていく。だから、たびたび隣村まで行かねばならないのだった。

日曜日には、わたしもついていく。この前の日曜日も暑い日だった。母子三人、ハイキングにでもでかけるように、はずみをつけて家を出た。

「よーし、今日はがんばろう。何が手に入るかな？」

「トマト、じゃがいも、うーんとそれからかぼちゃ」

雪子が答える。

「それから？」

「ナスビ」

雪子はそれぐらいしか思いつかない。米や卵が手に入ったことはなかったから。

わたしたちは暑さが少しでもましになってからと、午後三時頃家を出る。買えたもので、その日の夕食の仕度をしなければならない。影のない白く乾いた一本道、朝通ったバスは夕方まで姿を見せない。太陽はふんだんに光と熱を、わたしたちに集中してくれる。バスの停留場を通る毎に数えてゆく。三つ目迄は何とか来るが、四つ目はなかなか来ない。五つ目は本当にあるのかと思う頃に見えてくる。母もわたしも黙って歩き、手を引かれた雪子も黙って歩く。三人とも藁草履だから、足音もしない。

人気のない五つ目の停留場をすぎると、街道を西に折れる。すると道は塀越しにのびた木の影で、まだらの模様を描き出す。鶏の声や、牛の声が聞えてくる。目的地に着いたのだ。母は手さげからとり出したタオルで、雪子の顔を拭きながらいう。

「雪子、たのむわな」

雪子は上気した顔で頷く。

わたしはただ荷物持ちのためについていくのだが、雪子には大切な役割があるのだった。京都にいた頃、近所の人たちが雪子を借りて野菜を買いにいったように、雪子を表に立てるのである。農家のおばさんに、母が何かわけてくれるよう頼む。すかさず雪子が「おばちゃん、おねがいします」と、ピョコンとお辞儀をするのである。ことわろうと思っていたおばさんも困って、仕方なしにというように頬をゆるめる。そして、なにがしかのものが手に入るのだった。農家の欲しがる木綿の布や母の着物は、京都にいる間に食糧とかわっていた。マッチや麻縄、ノートや糸など、カナの店で扱っていた物なら、喜んで食べ物ととりかえてくれただろう。それらは彼女の財産で、かなり隠匿しているらしかった。彼女は食糧と換わるものをわけてはくれず、わたしたちは役にも立たぬ現金で買うのである。

雪子のおかげで、その日は三軒の家で茄子と白瓜、大きなかぼちゃ、芋と玉ねぎという収穫だった。これで当分の間、団子汁の中にそれらの野菜が入ることになる。配給の水漬き芋だけでは、ゴリゴリと固く甘味も出ない。四つの袋に入れて、わたしと母が両手でさげた。トマトはなかったが、三日後にくればわけてくれるという家があった。それが昨日で、母と雪子とがまた暑い中をでかけたのだった。

「そういえば、昨日は帰るときぐずぐずいうて……。雪子はいっつも賢う歩くのに、喉渇いたいうて泣いたり、暑いいうて泣いたり。あの時からもよおしてたんやなあ」

母は赤や黄、青の金魚模様の浴衣を着て寝ている雪子の胸迄、夏布団を引きあげた。

「おとなしゅう寝とりんさいや」

わたしはこの辺のおばさんの口調を真似て、立ちあがった。

「おはようおかえり」

雪子はわたしに笑って手を振った。

いつものように授業が終わり、新たにつけ加えられた山での茅刈りもすませて、わたしは家に向かった。茅は藺草の代りにござを編むという人もいれば、干草にして前線の馬の飼料になるのだという人もいた。中学校を卒業したばかりの先生が説明したとき、わたしは友だちとふざけていた。とにかく一人二貫目刈らねばならないのだった。

山を下りて途中で何人かの友とさよならをいい、家から百米程先の街道に出た。薄い枯草色の道は静まっている。ところがわたしは家の窓の外に、子どもが二人並んでいるのに気がついた。外から打ちつけた格子につかまって、家の中をのぞいている。何もなければのぞいたりはしない筈だ。わたしは急いで窓の外に立った。雪子がいたら、呼んでやろう。

だが部屋に雪子の姿は見えず、近所のおばさん達が何人もいて、みんな泣いているのである。何事だろう。わたしは母の姿を捜した。母は窓に背を向けて、激しく肩を震わせている。京都にいた頃、配給で当った人絹の薄緑のブラウスが背中にべったり貼り付いていた。ガラス戸を開けて家の中へとび込むかわりに、わたしは鞄を持ったまま駆け出した。家の中で、何かわからないが異常なことが起っている。それを確かめるのはこわかった。息の続く限りわたしは走り、峠の下で左に折れた。学校やクニちゃんの家とは反対の方角だった。塩田に向って岬のように突き出たところに、何軒かの家が並んでいる。その一軒の離れに、神戸から疎開して来たアキちゃんが住んでいた。

なぜアキちゃんの家にとび込んだのか、わたしにもわからない。わたしは変な夢を見ているのに違いない。アキちゃんにも雪子より少し小さい妹がいる。アキちゃんはもう帰っていて、妹とお手玉をして遊んでいた。ほら、やっぱり夢だったのだ、とわたしは思った。アキちゃんたちが何事もなければ、わが家にも何事もないはずだ。わたしは何の根拠もないのに、そう信じようとした。

わたしの見たのは夢だったのだ。家に帰れば何事もなく、母と雪子が「おかえり」というに違いない。だが、すぐ帰るのは怖かった。わたしも仲間に入って、しばらく三人でお手玉をした。小豆の代りに小石の入ったお手玉は、掌にも手の甲にも馴じまない。わたしは鞄を持つと、アキちゃんにさよならもいわずに走り出した。

家には何事も起っていない。それをおまじないのように心の中でくり返しながら、わたしは走った。「何事」の中味は一切考えなかった。窓の外に立っていた子どもはいない。わたしはとび出しそうな心臓をおさえると、さっきと同じように部屋の中をのぞいた。空っぽで誰もいない。部屋いっぱいに泣いていたおばさん達はもちろん、母や雪子の姿もないのだった。やっぱり、変な夢だったのだ。

わたしはガラス戸を開けて、そっと中に入った。部屋はいつもの部屋なのに、どこかが違う。わたしは鞄を持ったまま、部屋の真中に立って見まわしてみた。雪子が寝て手を振った布団がないだけで、いつもと変わりはない。だが空気がどこか違っていた。「ただいま」と大きな声を出すと、何かがこわれそうな怖さを感じる。母屋へ行ってみようと土間に下り、母屋の庭に面したガラス戸を開けたときだった。隣のおばさんが母屋から駆け出して来て、「チヅちゃん、早ういってあげんさい」というなり、前掛けで鼻をおさえて門を走り出た。わたしは何かにあやつられているように、母屋の奥座敷にあがっていった。いつもの布団の枕元に、線香が立てられ水が供えられていた。眠っているとしか思えない雪子がいる。母が一人、布団のそばに座って雪子をのぞきこんでいる。わたしが横に座っても気づかなかった。

雪子はほんとうに死んでいるのだろうか。朝元気に手を振り、「いってらっしゃい」といった雪子が……。わたしには納得できないことだった。病み疲れていない雪子は、ふっくらとした頬のまま、ただ目を開けないだけだ。どういう事情かわからないが、目が開かなくなったのだ。わたしはそう信じこもうとした。お人形のように話をしなくてもいい。自分の足で歩かなくてもいい。それでも雪子は雪子なのだから……。

夜になると、雪子の白い顔が少し黄色くなってきた。電灯のせいかと思ったが、布団の横からさぐった小さな手は、びっくりする程冷たくて黄色かった。近所のおばさん達が集って、簡単な通夜をした。この村にお坊さんはいなかった。お坊さんはいなくてもいいが、お医者さんもいなかったのだ。

雪子が昼前に激しいひきつけを起したとき、母は学校の近くにある木田医院に、雪子を抱いて走ったのだった。木田医院は、この村で代々医者をしている家だった。あとつぎの医者は軍医として南方へいき、隠居していた酒好きの老人が診察室に戻っていた。だがあいにく宇野まで出かけて留守だった。外に医者はいない。痙攣を続ける雪子を抱いて家に帰り、布団に寝かせるしかなかったのだった。かけつけてくれた近所のおばさん達が口々に名を呼ぶ中で、雪子は息をひきとったという。通夜の最中にやってきた医者は、急性脳膜炎という死亡診断書を置いて帰っていった。

翌朝、小さな棺に雪子は移された。首筋のあたりに、あざのように淡い紫色がのぼっていた。布団を動かすと、かすかな死臭があたりに広がった。雪子はやっぱり死んだのだった。だがわたしはまだ、雪子の死を受け入れたくなかった。いつまでもあらがっていたかった。悲しみの涙を流したくはない。

雪子の柩には、さまざまなものが入れられた。近所のおばさん達が畑から切ってきたばかりのキュウリ、露のついたトマト、炒り豆の入ったおひねり、京都から持ってきた数冊の絵本。わたしは柩の閉じられる前に、わたしの宝物であり、雪子の憧れの的であったブローチの入った箱を雪子の右手のそばに置いた。そしてすぐに雪子を被う布団で見えなくした。

雪子の写真は一枚もない。生れてから、今の数え方でいうと三歳と四ヶ月で亡くなる迄、写真を撮ったことがないのだから。家にカメラはなく、あったとしても、フィルムが手に入らなかっただろう。岡山に疎開することに決めた二十年三月、母と雪子とわたしは写真を撮るために、京極の写真館までいった。わたしが赤ん坊のとき、国民学校に入学するとき、写真を撮りにいった所である。だが、写真館にもフィルムや焼き付けの紙がとぼしかったのだろう。召集令状の来た人が、家族に残す写真でなければ撮ってくれないのだった。

雪子は一枚の写真も残さなかったから、雪子を知る者にしかその顔はわからない。それも、何十年もたってみると輪郭があいまいにぼやけてくる。だが丸い目にいたずらの光を走らせ、全身で笑う準備をしながら、「オカヤマケン、コジマグン、ヤマダムラ、オオアザヤマダ、コアザシライシ、ササキカタカナ」と称えた雪子の像は、鮮明にわたしに残っている。

雪子はもうすっかりあの山の土となり、黄色いコスモスをたくさん咲かせているに違いない。

内田百閒生誕百年記念 第一回 岡山・吉備の国文学賞 短編部門 最優秀賞作品
（選考 阿川弘之 飯島耕一 瀬戸内寂聴 永瀬清子）

選評　内田百閒生誕百年記念　第一回　岡山・吉備の国文学賞　短編部門最優秀賞作品「黄色いコスモス」

阿川弘之（作家）

敗戦の年の夏、疎開先の岡山縣児島郡で亡くなった四つの妹を、十一歳の姉が、つまり現在の作者が追想して描いた、多分事実そのままの私小説。読んでみて、胸のつまる思ひがした。文章もしっかりしてゐるし、幼い妹を見る眼も、ただやさしいだけではなく、時にキラリと光るきびしい作家の視点を備へてゐて、候補作中随一の佳品と見た。「反戦平和」とか「戦争の悲劇」とか、手垢のついたやうな言葉は一切使はれてをらず、その為一層いくさのあはれを感じさせるし、作品の風格も高くなってゐる。

飯島耕一（詩人）

「黄色いコスモス」は、まず何よりもきれいな、ちょっと難点のつけられない、いい日本語で、丁寧に書かれていた。二位以下は、その点で「黄色いコスモス」に一歩を譲らざるを得なかった。草川さんの作は一度読み、しばらく時をおいて再び気持ちよく読み通すことができたのだ。

作品の中の「わたし」は、京都に生まれ住んでいて、第二次大戦の一時期にのみ、岡山の郡部に住んだのだが、そこで幼い妹の雪子を病気で失い、そのことをいつも思い出す。岡山への、また黄色いコスモスへの時間的空間的遠さが、かえってこの作の透明な悲しみを生み出すもととなっていると思う。

瀬戸内寂聴（作家）

最後に残った数篇は、すべて力作で読みごたえがあったが、選者すべての推賞で、「黄色いコスモス」の草川八重子さんが最優秀作と決定した。文章が美しく整っていることと、内容の整理が感情を押えて過不足なく行われていることは、作者の資質にもよるだろうが、長い文学への研鑽の跡がうかがえ安心出来る。雪子が天使のように清らかで愛らしく、この可憐な幼女の短い生を描くことで、強い反戦の文学となり得ている。

永瀬清子（詩人）

短篇部門の六篇が予選を通って手許へ来たので、まず「黄色いコスモス」から読みはじめましたが、デリケートな筆致と愛情をこめた描写に好感を感じました。構成が単純なので、やや拡がりに乏しいが、時代の資料としても非常に描写に現実味があり、その難をしのいでいます。あの頃の体験者として、親しみと辛さの共感を覚えずにいられません。玩具もない遊びの姿や、おやつのがまんなど、この時代における幼い子の受難がいや味なく描かれ、むしろ、情的な作品になっており、又最後のしめくくりも深みがあると思いました。

『内田百閒生誕百年記念　岡山・吉備の国文学賞　短編部門入賞作品集』岡山県郷土文化財団、平成三年六月一日発行より

青い椅子

わたしたちはひろっぱと呼んでいたが、今そこへ行ってみると、車の四、五台も並べればいっぱいになるただの空地である。陽当りの良いひろっぱは、幼い日のわたしの遊び場であった。またわたしの息子を母に預かってもらっていた時の、彼の遊び場でもあった。

わたしはそこで縄とびをしたり、オイチダンというゴムとびをしたり、二軒続きの家の軒下でローセキで絵を描いたりした。「ミミズが三匹寄ってきて……」「アッというまにタコ入道」や、「くーちゃん、しーちゃん、リットルてーちゃん」と唄いながら描くと、女の子の顔になる遊び絵をくり返していた。

息子は実家で飼っていた秋田犬の「太郎」に乗ったり、水鉄砲や玩具のピストルを撃ったり、風呂敷を首に結んで月光仮面ごっこをしたりした。南側の日当りの良い土地が今も残っているのは、道路に面した空地の奥に、少しかしいだ二軒続きの家があるからだ。陽なたぼっこをしている老夫婦のように、おだやかに古びた家である。

わたしの幼い頃から、その家はあった。わたしの家はひろっぱの前の平屋だが、二軒続きの新しい家は二階建てだった。壁は鮮やかに白く光を反射し、二階の窓ガラスはいつも燦然と輝いていた。そして、東側の階下の窓にはいつも、おんめはんの細い上半身があった。

おんめはんは青いビロードを張った、背もたれのついた椅子に腰をおろして、お見合い用の写真でも撮ってもらうように外を見ている。家から一歩出れば、必ずおんめはんが目に入った。その年から国民学校となった学校へ行く時も、帰ってくる時もおんめはんはわたしに声をかけてくれた。

「○○ちゃん、いっといでやす」

「○○ちゃん、おかえりやす」

おんめはんの、「いっといでやす」には、どこか知らない土地の風が感じられた。近所のおばさんたちはニコッと笑うか、「おはようさん」というぐらいだ。

時たま、窓辺におんめはんがいなくて、椅子の背もたれだけが見えることがあった。柔かく光を吸いこんでいる青いビロードがわたしに、忘れ物をしたような物足りなさ、気がかりを感じさせた。空虚という感覚をはじめて幼いわたしに植え付けたのは、あの椅子の背もたれだった気がする。


今思い返すと、おんめはんは美しい女であった。竹久夢二の描く女人像のように細面で、瞳が大きく、いたみ始めた小さな果実を感じさせた。それなのに、子どもだったわたしは、おんめはんを美しいと思ったことがない。それはわたしの母も含めて、近所の女たちが彼女を軽んじていたことの反映でもあったろう。

おんめはんは結婚してその家に来たのだったが、その時もう三十歳に近かった筈である。下町のよく働く女たちの中で、何もしない彼女は目立っていた。子どもがいても友禅屋の下働きをする人もいたし、近くの缶詰工場に行く人もいた。家にいる女たちは仕立物やしぼり、悉皆屋(しっかいや)の下請けで着物を解いたり、伸子（しんし）張りが出来るように衿（えり）や衽（おくみ）を縫い合わせたり、みんな何か内職をした。両の手を遊ばせておくのは罪深いことでもあるように、仕事をみつけた。内職がとぎれた時は、家の用事がどっさりあった。着物の裾がすり切れると羽織に、古い羽織はおでんちや布団に縫い替えた。すり切れなくとも一シーズン着たものは洗い張りをして、縫わねばならない。小さくなった子どものセーターはほどいて、また新しい毛糸を足して冬までに編まねばならず、破れたものにはつぎを当て、破れそうな所は補強してやらねばならない。忙しがっていることが生きることであると思っている女たちにとって、おんめはんは目障りな存在だったろう。

わたしたちが、彼女の窓の下で毬つきをすると、細いよく通る声がいつの間にか和していた。

いっちょうめのいちすけさん

いちの字がきらいで……

おんめはんは窓から見ているだけで、わたしたちの遊びには加わらない。足が悪いせいなのか、大人の自覚が頭をもたげてくるからか、わたしたちにはわからなかった。おんめはんは右足が少し短いらしく、右だけ踵をあげて歩くおんめはんの下駄は右の前だけが斜めにへって、脱ぎ揃えたものも高さが違う。傾いている方には親指の形がくっきりとついていた。

大人がわたしたちの遊ぶのを飽きることなく見ているのは、わたしたちにとって心地よいことだった。おんめはんは仲間ではないが、観客として必要な存在になっていた。時たまけたたましく笑うのには閉口したけれども。あるとき、学校から帰って近所の友だちと三人で毬つきをしたことがあった。三人が一斉に同じ動作で毬をつく。歌の最後は「オーライ」とスカートの中に毬を入れるのだが、わたしは勢い余って背中の方まで毬がとび込んだのだった。ウエストのない、胸元で切り替えたワンピースを着ていたせいである。わたしは一瞬、毬がどこへ行ったのかわからず、スカートをおさえてウロウロした。

「〇〇ちゃんにタンコブができた！」

おんめはんは指さして、ヒイッヒッヒッと笑い出した。何度もタンコブをくり返して、執拗に笑い続けた。「カッシャギのおばちゃん」に、わたしははじめてそのとき、かすかな違和感をもった。

おんめはんは、柏木梅子といった。「カッシャギのおっちゃん」は、伸之介というサムライのような名前だが、近所のおばさんたちはみな「ヨロノ介」と呼んでいた。おんめはんとはひとまわり以上も年齢が離れているという話だったが、年齢以上に老けてみえた。背は高かったが、頭髪は薄く、瞼も唇も垂れさがっていて、いつも前のめりに歩いていた。後ろから子どもでもひと押しすれば、たちまち叩きつけられた蛙のようにのびて倒れそうにみえた。道で出会っても、「カッシャギのおっちゃん」は、目を開けているのか閉じているのかわからず、知らん顔で通っていく。足もとがヨロついているからなのか、ヨレヨレの国民服を着ているからなのか、誰が最初に名付けたのかわからぬまま、「ヨロノ介」は定着していた。

おんめはんは病的に細い身体で、子どもを産みたがっていた。病院にも診察を受けにいったことがあるらしかった。

「○○ちゃんらが遊んでる時に、うちの子も一緒に遊んでもろてるんやったら、どんなにええやろか」

おんめはんはわたしにいったことがある。わたしはその時、おんめはんに子どもがうまれたとしてもまだ赤ん坊で、わたしらと一緒に遊べる筈がないと思った。それを口にするのは気の毒な気がして黙っていたけれども。

おんめはん夫婦が子どもを授けてくださいと、神さん詣でをするのにわたしもついていったことがある。洛北の三宅八幡だったと憶えている。後で知ったのだが、三宅八幡は子どもの夜泣き、疳の虫封じの神さんだそうである。子どもに関係ある神さんだから、三宅八幡にお参りしようと思ったのだろうか。わたしを連れていったのは、「子どものいる夫婦」の気分を味わうためだったのか、それともよくいう「もらい子をすると子どもが生れる」を一日だけ実行してみたのか、わからない。わたしは国民学校三年生の夏、昭和十八年のことだと憶えている。その時着ていった人絹のワンピースの模様まで、なぜかはっきり記憶にある。

その年の十一月初旬、父に赤紙がきて三十五歳の新兵として出征した。見送りに来てくれた職場の人たちや近所の人たちは、ひろっぱに集まった。わたしは冷酒が半分ほど入った湯呑みとスルメを入れた盆を持って、その人たちの間をまわった。吐く息が白くみえる寒い朝だった。父が兵隊に行くのはわかっていたが、わたしは軍隊がどういうものか、戦争がどんなものか、まだ何もわかっていなかった。

わたしがひろっぱですごした蜂蜜色の時代は終っていた。わたしの行動半径はひろがり、目の前の小さな空地ではもの足りなくなっていた。おんめはんの賞讃の声を浴びて逆立ち半転しながらゴムとびをするよりも、桂川へ泳ぎに行ったり、電車通りを越えた友達の家へ遊びに行ったりする方が楽しくなった。友達の家にある大きなテーブルの真中にソロバンを立ててするピンポンは、わたしを夢中にさせた。そのうちに、「ひろっぱ」はひろっぱでなくなった。食糧の配給が乏しくなって、とても生命をつなぐことが出来なくなったから、あらゆる所が掘り返された。わたしの家の前も、道路を削って溝側に野菜を植えた。食べられるものは何でも植えた。「ひろっぱ」も、おんめはんの家と、その隣へ行く通路を残して耕された。にわか百姓をするのは勤めから帰った「カッシャギのおっちゃん」ヨロノ介の方で、おんめはんは相変らず窓から見ている。おんめはんが土をいじらないのはミミズが怖いからだった。一度だけ柄の短い鍬でやってみて、けたたましい悲鳴をあげた。何事かととび出した近所中の女たちの前で、おんめはんは身体を震わせていた。

「こおて、こおて」

後になっても、鍬の前に身をよじらせてとび出したミミズのことを思い出すたびに、おんめはんは青ざめて、くり返し女たちの失笑をかった。まだこの時は、おんめはんは嗤われるだけで、憎まれてはいなかった。

　父の出征後、わたしは母と祖母、三歳になった妹と四人で暮らしていた。祖母は脳溢血の後遺症で左半身に軽い麻痺が残っていた。杖をついて歩けはするが、いざという時には背負って逃げねばならなかった。三歳の妹もむろん一人では行動出来ない。それが、わたしが集団疎開に参加しなかった理由である。家族ぐるみ引きとってくれる親戚も、安全な田舎にはなかった。

　東京では昭和十九年八月に、学童の集団疎開第一陣が上野を発ったといわれているが、わたしの学校では二十年四月からだった。それまでにも、田舎に縁故のある友だちは次々と疎開して行った。子どもだけで行くこともあったし、母親と一緒の場合もあった。三月に東京、大阪を焼野原にする大空襲があってから、疎開は急速にすすめられた。わたしたちの学校は、鞍馬山の麓に集団疎開することになり、事情があって参加できない者だけが残された。三クラス、百五十名の学年は、一クラス三十人に減少した。残った五、六年生は運動場の南半分を耕して、芋やとうもろこし、かぼちゃ、トマトなどを植えた。畑仕事をしたことのない子どもたちだったが、誰も文句はいわなかった。

　いつから男たちがいなくなったのか、わたしははっきりとは憶えていない。三十代の人まで兵隊にとられ、それ以上の人は徴用で軍需工場へ送られた。友禅の職人が多かった町内の男たちは伊丹や愛知県へ行ったきり、帰ってこなかった。男といえば年寄りばかり。女と幼い子どもがお腹を空かせて残されていた。夫婦という単位で暮らしているのは、老人世帯を除けばおんめはんのところぐらいであった。このことが、事件の間接的な引き金となった。

その日は、昭和二十年二月はじめとだけ憶えている。爽やかに晴れた日であった。三時間目が終わろうとする時に、黒雲が吹き出すように警戒警報が鳴った。防空頭巾を肩に、わたしたちは家へ走った。警戒警報が出れば、わたしたちはすぐに帰宅することになっていた。午前中に警報が解除されれば、再び登校するのである。爆弾を落されるのは困るけれど、警報解除は正午過ぎてからになればいいいと、わたしたちはいい合った。

わたしの家は学校から近く、走れば三分で帰り着く。おんめはんの窓の外に二人の人影を認めて、わたしはゆっくりと歩き出した。

「わたしは足が悪いさかい、今までかんにんしてもろてましたん」

おんめはんの思い切りの悪そうな声が聞える。

「今までは大目に見てきたけど、今日はどうでも全員出えいうて、厳しいいうたはるんやわ」

四月から隣組の組長になった、モト悉皆屋のおばさんである。

「これからは、そら出てもらわな。みんなが一所懸命やってるときに、柏木さんだけ知らん顔ちゅうのは通らしまへんで」

町内の国防婦人会の役をしているおばさんが、片足をどんと踏んで言った。

「わたしは足が悪いさかい……」

「アメリカがなあ、足の悪い人がいるさかいいうて、焼夷弾落とすの止めてくれるか。足が悪ても眼が悪ても、火が降ってきたら消さんなりまへんやろがな」

「へえ。消さんなりまへん。うちのおっちゃんが消してくれはります」

わたしはおんめはんを軽蔑した。そんな子どもみたいなこというて。二人のおばさんたちも、一瞬顔を見合わせた。

「昼でも空襲はありまっせ」

空襲警報のサイレンが、その時鳴ったのだった。人を執拗に脅かすように。晴れた空も新緑も、馬鈴薯の白い花も一瞬のうちにヨレヨレの国民服の色に染めてしまう音だ。

「ほれ、空襲やがな」

捨てぜりふのようにいって、おばさんたちは走っていった。おんめはんの声が、家に入ろうとしていたわたしの後で聞えた。

「○○ちゃん、おかえりやす」

わたしは振り返って挨拶を返す余裕もなく、家の中へ駆け込んだ。腕を引っぱって、祖母を防空壕に入れねばならない。空襲のたびに、祖母は防空壕に入るのを嫌がり、

「トシやさかい、もう死んでもかまへんのや。穴倉なんか入らへん」といって母とわたしを手こずらせた。

今から思えば防空壕とは名ばかりの、お粗末極まるものだった。板の間の床下に、母とわたしが掘った穴で、四人がようやくしゃがめるだけのものだった。中から板の蓋をすると、暗くて湿った土と埃の臭いがし、防空壕の中にいる気分がした。雷が鳴っている時、押入れの布団の間に頭をつっ込んでいると安心できる気がしたのと同じである。わたしは空襲警報が鳴れば防空壕に入るものと思い込んでいたから、そのたびにごねる祖母が腹立たしかった。

爆弾も焼夷弾も降ってこずに、昼すぎ警報は解除された。防空壕から出て板の蓋をすれば元の板の間に早変わりして、わたしたちは朝の団子汁の残りを食べた。母は防空演習に出かける準備をする。決戦袋と防空頭巾を左右にかけ、古い草履をはいて火叩きとバケツを持つ。畑になったモトひろっぱで大きな声がした。

「柏木さん、用意できたはるか」

モト悉皆屋のおばさんは組長になったとたん、おんめはんとは呼ばなくなった。おんめはんは矢絣の決戦服で姿をみせた。見送りに出たわたしと妹に笑いかけて、

「〇〇ちゃん、いってきます」といった。

おんめはんは化粧をしていた。化粧した人を長い間見なかったせいか、ドキッとするほど頬も唇も赤くみえた。わたしは妹と手を振った。

わたしが妹を連れて学校へ行ったのは、母たちが出かけて一時間ほどたってからである。宿題

をしている間、わたしのクレヨンで絵を描いていた妹が退屈しだしたので、防空演習の見物に出かけたのだった。

　昔は町会長といい、今は防空団長という肩書きになった蟹のように平たいおじさんが、ピッと笛を吹くと、バケツを持った三人ずつのおばさんたちが走っていって、便所の屋根に下から水を投げあげる。水は生き物のように躍り上り、すぐに瓦の上をすべり落ちてくる。空になったバケツには手洗場で水を入れ、その間に次の列は走り出している。バケツはまた走って次に持つ人に届けられる。

　わたしと妹は講堂の庇の下に立っていた。バケツの重さに引きずられるように、よろよろと走り出したのは、おんめはんだった。びっこをひくから水がはね、おどる。バケツが左足に当ったと思うと、おんめはんは転倒した。水はたちまち運動場の砂に飲みこまれる。順番を待っている女たちが笑い、早く起きて走るように笛が鋭く命じている。おんめはんは半身を起して、ころがっているバケツの所へ這っていった。バケツにつかまるようにしてようやく立つと、空バケツを持って走った。ヒィーッと声をあげて泣きながら、おんめはんは手洗い場で水を入れている。笛が鳴り続けて、せき立てる。おんめはんは泣きながら、水の入ったバケツを持って再び走った。そして再び転倒した。

「役立たずやなー」

「早う起きて、水くんで来なあかんやろ」

「地べたばっかり水撒いてから」

口々にいっていたおばさんたちの声が静かになった。おんめはんが水の中に倒れたまま動かないからである。

「おんめはん！」

「どないしたん」

わたしの母と、おんめはんの隣のおばさんが駆け寄って、助け起した。おんめはんは苦しそうに顔をしかめて何かいったようだ。誰かが担架を持ってきた。防空演習の仕上げは誰かが怪我をするか、火傷をするかして、三角巾に包まれて担架に乗せられることになっている。濡れて泥まみれになったおんめはんは、そのまま家に運ばれることになったらしい。四人に担われて担架は校門に向っている。その中に母もいたから、わたしと妹はその後を追った。母たちの歩くのが早いから、途中でわたしはしゃがんで妹を背負った。そのとき、わたしは血の跡を見たのである。乾いた土の道に、血はまだ沈んでいない。赤く黒い点となって続いている。わたしは震えて、声が出なかった。ころんで膝をすりむくことはたびたびあったが、担架のドンゴロスの布を通して落ちるほどの血とは、わたしの想像できないものだった。

「血！」

わたしは叫んだつもりだが、母たちにはとどかなかった。

その後どうなったのか、くわしいことはわからない。子どもが近寄ることは禁じられ、わたしは胸騒ぎを静めようと家の中をウロウロした。救急車も、ただの車もなく、電話のある家もなかったから、誰かが医者の家へ走ったのだろう。内科、外科、小児科を一手に扱う電車通りの医者が来たが、どうにもしようがなかったのか。細い身体から大量の血液が失われて、おんめはんは死んだ。夜になって母が呼びにきたので、わたしはお別れにいった。再生した紙のように青黒くなって、おんめはんは目を閉じていた。

おんめはんは妊娠していたのだった。神さん詣でもして二年近くたった後、おんめはんは妊娠して流産し、生命までも失ったのだった。おんめはんは自分でも妊娠したことに気づいていなかったのか、それとも近所の女たちを恐れて誰にも話せなかったのか……。

「カッシャギのおっちゃん」は、ひろっぱがまだ畑だった戦後、どこかへ引っ越していった。その後何度か代替りして、その家には今も、わたしの知らない家族が住んでいる。だがわたしは、閉じられた窓のむこうに、今も青いビロードを張った背もたれ付きの椅子があるような気がしてならない。

海の墓標

ヴァイオリンがうたっている。遠い空の鳥の歌を。山懐の深い緑のざわめきを。煌く星座と北斗七星を。目を閉じると、ヴァイオリンはヴィオラの大きさになり、チェロになり、コントラバスになっても膨張を止めない。見たこともない巨大な弦楽器が、その大きさに比例した深い響きでわたしを包む。コンサートホールは掻き消えて、わたしは母の胎内にいるおたまじゃくしほどの大きさだ。固まる前のゼリーのようにやわらかく、どこまでも自由だ。ひたすら音に浸り、ある瞬間にはわたしは天空を飛び、次の瞬間には水中を潜る小さな魚になっている。

解き放たれた至福のとき、ヴァイオリンとピアノが絶妙に囁き交わす中に、わたしは祖父の声を聞いた。「なんて、なんて言った、じいちゃん」。わたしは驚いて耳を澄ませた。言葉ではない声だった。確かに、わたしに呼びかける祖父の声だった。このところ、わたしは祖父のことを思い出すことが多かった。「戦争で、海で死んだ」のは子どものときから知っていたが、その先は知らなかった。というより思考停止のまま、多分魚雷でやられ、船は轟沈したのであろうと思ってきた。「さあ」と祖父は言ったのではないか。「始めなさい」と。思考停止して封印してしまった「その先」を言葉にしてみなさいと。祖父が強く促していると、わたしは感じた。

祖父は「海の男」であった。だが残っている写真は線の細い二枚目で、どうみても「海の男」のイメージではない。市松人形の男の子が成長したような、「目はパッチリと、小さな口元」の男である。伯父の家の鴨居に二枚並べて架けられているのは祖父の晩年の写真だが、それにもまだ。市松人形の面影がある。柔和な表情で、小学校の校長先生か、ひなびた村の面倒見のいい村長さんというところである。

輸送船というものに乗っていて、わが家に時々珍しいプレゼントが届いた。もらっても途方にくれるようなものもあった。大きな箱が来て喜んで開けると、毛羽立った大きなものがごろごろ入っていた。父が帰ってくるまで、それが椰子の実だとわからなかった。怪鳥の卵かもしれないと、箱の上に祖母が漬物石を載せたのを思い出す。変なにおいのする、ペンキの缶ほどのものが届いたこともある。今から思えばココナツバターだったのだろうが、使いかたを誰も知らない。何しろ戦前のことである。たぶんそのたびに母がこぼしたのであったろう。「おじいちゃんは変なものばかり送ってくる」と。

神戸港に祖父の船が入港したとき、わたしは両親と会いに行った。これははっきり憶えている。太平洋戦争の始まる前年で、わたしは五歳だった。その前日、母はわたしをつれてデパートを巡った。洋服を買いに行ったのだ。してみれば、このときが祖父との初めての対面だったのかもしれない。少しでも可愛く見せたい親心だったのだろう。そのとき買ってもらった洋服は、今も鮮明に覚えている。赤いワンピースで、花びら形に切り込みを入れた白いレースの襟がついていた。しっかり織り込んだウールの質感も、チュールに刺繍をした襟の裏はサテンだったことまで覚えている。母がよく口にした「清水の舞台から飛び降りる気で」買ってくれた、かなり高価なものだったろう。

岸壁からそそり立つ、山のように巨大なものがあった。船といっても、絵本でみて知っている全体の形はみえない。その船に上ったら、祖父がいたのだった。

祖父の部屋で印象に残っているのは、壁に埋め込まれた箪笥である。一番下の大きな引き出しを引っ張ると、それがベッドなのだった。「嵐で船が揺れても、転がらないようにここに入って寝るんだよ」と祖父が説明してくれた。わたしはその引き出しベッドに入ってみたくてたまらなかったが、がまんした。父が手を引っ張ったから。そのベッドには何か魔法の仕掛けがあって、そこで寝るとたちまち大きくなるかもしれないのに。

父はよくわたしのことを「キョロッパチ」といった。いつもキョロキョロして、好奇心旺盛。後先考えず飛び込んでいく。愛称というより、困ったやつの響きをこめて呼んでいたのだろう。わたしは「キョロッパチ」という語感が厭ではなかった。軽やかにポルカを踊る感じがある。だが父はいつも「キョロッパチ」の手綱をひいていなければならない、と思っているようだった。あとで思えば、父には「引き出しベッド」が柩に見えたのかもしれない。

祖父が愛用しているというロッキングチェアには、かけてみた。ここで椅子を揺らしながら非番の日には編み物をするという。手編みのジャケットも見せてくれたが、わたしには上手なのかどうかは分からなかった。それより気になったのは、電気スタンドのオレンジ色のシェードから、机の上に丸い暖かな光の輪がにじんでいることだった。わたしは電気というものが、電柱をわたる電線で運ばれてくることを知っていた。でも海の上に電柱はない。遠くの海を行く船に電気があるのが不思議だった。

「どうして電気がついてるの？」。祖父か父に尋ねたかったが、その質問は我ながらいかにも幼稚に思われた。二人の顔を順番に見上げたが、誰もわたしの疑問に気付いてはくれなかった。

それから中華街に繰り出して、わが家では珍しい中華料理を食べたのだろう。何を食べたか記憶にないが、祖父が酒というものを飲んだのが珍しかった。父も、近くに住む伯父も「奈良漬けを食べても酔う」人種だったから。それを祖父は平気な顔で、何杯も飲む。そしてわたしには「もっと食べなさい」という。当時わたしはひどく痩せた子だった。多分無理に食べて見せたのだろう。家に帰ったとたん気分が悪くなり、嘔吐した。この神戸行きで最も生々しい記憶は、胸底から次々と突き上げてくる吐き気なのは情けない。

それからは祖父から、わたしの喜ぶプレゼントが時折贈られてきた。キャンディーやチョコレートだった。わたしにはその中味より、箱や包装紙が宝物だった。キャンディーをくるんだ紙を丁寧に延ばして、「宝箱」に仕舞った。チョコの銀紙やきれいな模様のついたパラフィン紙は、わたしにとってただの包み紙ではなく、美しいものの象徴だった。

祖父からの最後の贈り物は、二足の靴だった。父に召集令状がくる前だったから、昭和十八年の初めだったろう。既に物資は配給制で、食料も乏しかった。父が滋賀県の田舎や丹波に休日ごとに買出しに行った。それももう現金では売ってくれず、品物を持っていかねばならなかった。

祖父から送られた靴は、今まで見たことの無い素晴らしいものだった。もうどこにも売っていない。一足はチョコレート色の革靴で、艶やかに光っていた。馬の鼻のように甲を覆うデザインで、そこにベルトが通されて横でぱちんと金具で止める。靴の中にも薄く軟らかい、ベージュ色の革が貼られている。もう一足はキャンバス地の運動靴だった。黄色っぽいベージュ色で、同色の紐がついている。底は軟らかい半透明のゴムで、かかとは二センチ以上あった。食べたくなるような飴色だった。わたしは何度も飛び上がって喜んだ。二足とも今まで経験したことの無い、クッションの柔らかさがあった。だがこれらの靴は、畳の上でしか履いてはいけなかった。

そしてある日曜日に父のリュックに入れられて、米と大豆に化けてきた。

わたしはしばらくどんな子があの靴を履くのか、想像した。あんな靴を田舎で履いたら、いじめられるのではないか。あの靴にはわたしが持っていた、赤いチューリップのような服しか似合わないのに、その子は持っているだろうか。あの靴を履いていったいどこへ行くのだろう。あの靴を履いた子は、なぜか哀しそうな表情で想像された。

祖父は当時ただ一人の孫だったわたしが、大喜びで履いたと思っただろう。数日の後に、米と大豆に換わったことを想像しただろうか。両親もこれが祖父の形見になるとは思わなかったろう。わたしは自分が物に執着しない方だと思っている。だが二足の靴は、履いて外を歩かなかったからか、工芸品のように美化されて、固定された。あの靴はどこで買ったものだったろう。

真珠湾攻撃より少し早く、マレー半島を攻撃、南下した日本軍はシンガポールのデパートごと「占領」したという。高級ウイスキーやワインがどっさり、内地の参謀に送られた話を読んだことがある。そのときわたしはあの靴を思い出して、一瞬ひやりとした。二年ほどの時間の差に安心したが。

祖父は船には乗っていたが、事務職か通信を担当していたのだろうと、わたしは何の根拠もなく思っていた。過酷な肉体労働はとても出来そうもなく、そんな雰囲気をもっていなかったからである。それに一八八五年、明治十八年の生まれだから、船が沈んだ敗戦の前年には、当時の数え方で六十歳の老船員である。一般の会社でも公務員でも五十歳で定年退職の時代である。だが当時、客船や輸送船はすべて陸軍か海軍に徴用されたから、事務長のような立場で船に残ったのだろう。

引き出しのベッドで眠っている間に魚雷攻撃を受け、一瞬のうちに亡くなったのだと思いたかった。飛び散る肉片や流れる脳漿はなく、蠟人形が突然壊れるように、静かに声も無く死んだ祖父。わたしは半世紀以上、そんなイメージを持ってきた。

「戦没した船と海員の資料館」が神戸に開館したのは、二〇〇〇年の八月十五日だった。当時大阪にいた新聞記者の長男が早速取材に行って、わたしにメールを送ってきた。彼自身も知らなかったことで、驚き興奮した様子が伝わってくる。

「アジア太平洋戦争で失われた軍艦以外の日本の船は、一般汽船三五七五隻、機帆船二〇七〇隻、漁船一五九五隻、計七二四〇隻に及ぶといいます。徴用された船舶の八八パーセントが沈められ、船員六万六百一名が亡くなっています。死亡率は何と四三パーセント。これは陸軍の二三パーセント、海軍の一八パーセントと比べれば、どんなに驚くべき数字であるかがわかります。資料館には戦没した船の写真一一九七隻分、沈没船の模型、パラオの海に沈んだ船のダイビング写真などが展示されています。阿部勝造氏のことも調べたかったのですが、時間を見つけてもう一度出かけます」

とりあえず資料館の電話番号と住所を付け加えて、「第一報」をくれた。仕事と私事を混同してはいけない、というのが彼の父親の信条で、一度息子が会社の封筒で私信をよこしたのを、ひどく叱ったことがあった。超多忙で盗むべき時間もなかったのだろう。彼には母方の曾祖父にあたる阿部勝造のことを調べるのは、「次の機会」になった。

だが何を手がかりとして調べるというのだろう。わたしは、祖父の乗っていた船の名前さえ知らない。伯父も母も既に亡くなっている。幼いときにしろ、会ったことのあるのはこの世でわたしだけなのに、わたしの知っている祖父は「引き出しのベッドに寝て、赤い顔にもならずに酒を飲み、椰子の実や靴を送ってくれた人」に過ぎないのだった。

長男から来た「第二報」は二〇〇二年九月の日付である。時間に追いまくられる仕事で、土曜も日曜もないのだが、ようやく神戸に行く時間が取れたらしい。

「『戦没した海と船員の資料館』でわかったことをご報告いたします。資料館には以前には書きませんでしたが、出身都道府県別の戦没海員名簿があります。岡山県の部に、氏名阿辺勝造、生

年月日明治十八年三月十二日　没年月日昭和十九年二月三日、死亡場所南緯三度一七分、東経一四九度三四分、船名『光晴丸』、職名機関員、本籍地児島郡山田村、遺族妻カメとあります」

わたしは動悸が激しくなって、深呼吸を繰り返した。阿部の「部」が一字違っているが、生年月日、本籍、妻カメさんもみなその通りである。わたしも阿部勝造の除籍謄本を取り寄せていた。それによれば「昭和十九年二月三日午前一時三十二分、西南太平洋ビスマルク諸島北方海上に於いて戦死」とある。死亡の日も場所も一致する。

謄本を取り寄せてのけぞってしまったのは、最初の妻つまりわたしの祖母にあたる葛野が三十二歳で病死してから、祖父は三度も結婚したと記載があることだ。「まさか！　じいちゃんは港ミナトにオンナありの口だったわけ?」とわたしは笑ったが、たちまちそんなことではないと悟った。二男一女を残して妻に先立たれた遠洋航路の船員が求めたのは、子どもたちを育て、家を守ってくれる「主婦」だったろう。子どもたちは当時十歳、七歳、三歳である。亭主は年に一度か二度しか帰ってこない。田舎のうるさい他人の目がある。子どもは三人とも赤ん坊ではなかったから、本当の母親でないと知っている。最も長く「妻」であったのは「リョウ」という人で、十年である。どんな苦労が彼女の皺に刻まれたかは想像がつく。わたしには勿論見知らぬ人だが、彼女に「ありがとう」と言いたい。母も伯父も彼女と折り合いが悪く、早くに家を出たらしいのだが。

わたしは戦争中の食糧不足の時や、疎開してから母に何度か尋ねたものだ。「どうして田舎にいなかったの?」と。わたしの質問には非難の響きがあったはずだ。ずっと田舎にいれば食べ物に困らなかったのに。母が京都で父と結婚しなければ、わたしは存在しないのだが、まだそれには気付かなかった。そのたびに母は言ったものだ。「田舎にいたら麦ご飯食べんならん。わたしは麦ご飯が嫌いやったから」。次々と変わった継母のことを母から聞いたことは、一度もなかった。

カメさんと祖父は、戸籍上昭和十六年四月十日結婚となっている。亡くなる三年前で、その間に何度逢うことがあったのか……。

祖父が「機関員」だったのにも驚いた。「機関員」の職種も多岐にわたるのだろうが、わたしは機関員といえばファイヤーマンのことだと思っていた。つまりは罐焚きである。蒸気で走っていた頃の「国鉄機関士」の連想かもしれない。わたしは「動く都市」とか「浮かぶ街」と呼ばれる巨大な船には乗ったことがない。瀬戸内海を行く客船くらいには将来乗るかもしれないが、機関室などは当然立ち入り禁止で、部外者は覗くこともできないだろう。祖父は罐焚きではなく、エンジンの点検やエネルギーを作り出すレシプロ機関の担当者、つまりはエンジニアだったのかもしれない。

「海の上のピアニスト」という映画では、拾われた赤ん坊がこっそり育てられるのが機関室だった。船底から、はるか上部に窓が見える大空間。ほとんどは水面下である。背景に、巨大なタービンやクレーン、エンジン、ボイラーの焚き口などが映った。勿論船を紹介するのではなく、映画の場面だからすべて断片的である。筋肉もりもりの黒人たちが、ジョークを飛ばしながら機敏に働いていた。優雅なキャビンとは別世界の、熱と騒音と過酷な労働の世界である。あの機関室が祖父の職場であったのか。

幼いわたしが不思議がった電気も、船を走らせるエネルギーもすべてここでつくられる。火夫は絶え間なく罐に石炭を焚き、エンジンやボイラーからの配管が、そこいら中をくねっている。その間を縫って各階に出られるハッチがある。

寒い地方の航海でも機関室の温度は四〇度であったという。熱帯の戦場では夜一切の光を洩らさぬため、窓を閉め、黒く塗ったボール紙を窓枠きっかりにはめ、更に遮光カーテンが引かれた。五〇度を超す、人間の限界を超える温度の中での労働だった。

知りたいと思えば、多くの資料が現れるものだ。図書館でこれまで目に留まらなかった本が、わたしを呼ぶ。『海なお深く』もその一冊だった。全日本海員組合が編纂した、太平洋戦争を生き残った船員の三百九十三ページに及ぶ体験記である。この本でわたしは初めて「船員の戦争」を知った。これも祖父の促しの一つに違いない。この本に「光晴丸」関係者の文は無い。

息子のメールは続く。「光晴丸は大光汽船所有、一九四四総トン数。昭和十九年一月九日、パラオ発、ラバウルに向け航行中、十六日ニューハノーバ島西方海上で敵爆撃機三十機と交戦、沈没した僚船春幸丸の遭難者を救助し、十七日の〇〇九〇ラバウルに入港。直ちに遭難者二九七名を下ろした。間もなく一一一五ごろより戦爆連合二百六機の空襲を受け、二番船倉左舷後部に至近弾一発、同右舷前部に直撃弾一発を被り、船体が右舷三十度に傾斜、船内では二番倉、炭庫、機関室に激しい勢いで海水が侵入し船尾より沈下し始めたため、千百二十五名総員退船が下令された。その五分後、船体が逆立ちになって全没した。船員二名戦死。当時本船の積荷は、舟艇十二隻、鉄製水槽、事務用品、煙草、マッチなど一〇八トン、暗号書二八梱であった」

ここでは祖父は生きのびている。

神戸港に、五歳のわたしが祖父を訪ねたのは「光晴丸」であったのか。それとも大光汽船の社員である船員は、航海のたびに指定された船に乗るのか。「軍属」に徴用されてからは、軍の命令に従うのか。わたしにはわからない。

資料を読んでいて、陸海両軍がすべての客船や貨物船を自由に命令通り使えるようにする法的根拠が、「船舶保護法」（一九四一年三月制定）であると知った。質の悪いブラックユーモアである。「保護」といいながら、指示に従わないときは「二年以下ノ懲役又ハ二千円以下ノ罰金」と定められたのである。小泉政権の有事三法「国民保護法」と全く同じ発想である。

一九四四総トン数の光晴丸は「武装」していなかった。このクラスの船に取り付けられていたのは、木製の砲台に丸太を取り付けて、「遠くから、あるいは潜水艦の潜望鏡で見れば大砲に見える」ように作った木工品である。「木製擬装砲」という。だから至近弾を受けても、反撃することも出来ない。身を守る何の手段もなく、戦場の只中で働くのが戦時の船員であった。暗闇にまぎれて出港し、魚雷の攻撃はただただ「見張り」で雷跡を発見して素早く逃げるしかない。時速約百キロの速度で狙い撃ちされた魚雷が、青白い筋を引きながら矢のように直進してくる。ぎらぎらと熱帯の太陽が光る海面を睨んで、一秒の遅れもなく雷跡を発見しなければならない。魚雷の動力である圧縮空気の泡が、水深三、四メートルの所から浮き上がって尾を引くまでには、わずかながら時間がかかる。だから魚雷の本体は気泡の雷跡よりも数十メートル先を走っているのだ。「海蛇のように」とも「イルカのようなもの」が直進してきたとも表現されている。見張りは一瞬の油断も出来ない、緊張の連続だった。発見してから命中するまで、四十秒の勝負と言われる。見張りが発見すれば直ちに魚雷を避け、潜水艦の標的となる海域から逃れねばならない。機関室には「全速！　全速！」とテレグラフが喚き、火夫は地獄のような罐を開け放って、必死で石炭を放り続ける。

アメリカ軍には既にレーダーがあり、いながらに日本軍や船団の行動をつかんでいた。ところがわが船員が身を守るすべは、一にも二にも三にも見張りのみ。昼も夜も、凪いだ海でも時化て白波が立つ日でも、ブリッジ、船首、船尾、両サイドで目を凝らす見張りに命運が託された。

どんなに激しい戦闘が繰り返されても、陸地なら後方に下がれば弾の飛んでこない、安心して眠れる場所がある。だが船は海を航海しているかぎり、三百六十度すべてが常に戦場なのだった。運がよければ避けることに成功し、悪ければ撃沈された。多くの場合、魚雷は機関室を直撃した。船の中央にある巨大な空間だから、最も当たり易い場所なのだ。人間は無傷であっても、爆発の衝撃でタラップやドアが破壊されて、外に出られず閉じ込められたままというのも、機関室の人が多かった。

光晴丸のように空爆されれば、沈むしかない。体験記『海なお深く』に、編集者の言葉として次のような部分がある。「船を沈められた船員延べ十五万二千三百人。船員徴用令によって徴用動員された船員延べ十万九百三十人であったとされるから、平均して全員が一・五回撃沈の憂き目にあい、火と油の海を泳いだことになる。恐るべき『遭難頻度』と言うべきである。中には九回も遭難した体験をもつ船員もいる。人間が、一度ならず再度、三度と死と隣り合わせの遭難を体験するなどということは、実に異常な経験と言わなければならない。」

自分の船を失った船員は「遭難船員」と呼ばれた。まるで自分の責任で登山やスキーに出かけた人のように。救助してくれたのが軍艦だと、彼らは居住区分には入れてもらえず、甲板上の物陰に毛布を敷いて寝たという。高速で転舵を繰り返すごとに船は傾き、海に滑り落ちそうな不安と恐怖があった。いつ撃沈されるかわからない恐怖に加えてである。「軍人、軍馬、軍犬、鳩、軍属」彼らは合言葉のように自嘲することで、慰めあうしかなかった。それでも助けられた多くの船員は「親切な軍人さんに砂糖湯を飲ませてもらって、生き返った」「握り飯をもらって本当に嬉しかった」と感謝の言葉を述べている。

火の海を奇跡的に助かった船員の中には、怖くて居住区に入れない人もあった。数秒の差が生死を分けたのを体験して、いち早く海に飛び込めるところでなければ眠れない。彼らはマストハウス（マスト下の用具庫）や、ハッチコーミング（艙口）の陰に身を寄せて、丸くなって眠るのだった。

「光晴丸」がラバウル港内でまっ逆さまに沈没して、祖父も「遭難船員」となった。

祖父の死亡日とされる同日同時刻に、同じ場所で沈んだ船はないか。息子の検索に引っかかったのが日産汽船の「日愛丸」であった。メールの二便は最後にこの船のことを伝えている。「五千四百三十九総トン。十九年二月二日ラバウル発、パラオに向けて航行中、三日〇一三二頃、ニューアイルランド島カビエン西南西一七〇キロ、（東経も南緯も祖父の『戦死』したとされる箇所である）で四番倉に被弾、積ガソリンにより出火。次いで〇三三〇頃二度目の空襲で中央部を直撃した爆弾が、機関室に突入して爆発したため、瞬く間に大火災となり沈没。船員十二名戦死とあります。日産汽船が戦後まとめた『戦没船員の記録』の『日愛丸』の項には、阿部勝造氏は入っていません。しかし『日愛丸』沈没の年月日が戦死年月日になっていることを考えると、この船と運命を共にしたと考えるのが自然です。当初は『光晴丸』に乗り組んでいたのが、ラバウル港内で撃沈されたため、パラオに帰る『日愛丸』に便乗したのでしょう。また何かわかりましたら、ご報告いたします」

それ以降、彼からこの件での報告はない。これ以上はわかりようがないとわたしも思っていた。

わたしが神戸の「戦没した船と海員の資料館」を訪ねたのは、更に二年経った二〇〇四年の夏である。コンサートで祖父の促しの声を聞いてから、ようやく重い腰を上げたのだった。入り口には「海に墓標を」と大きな文字で、その下に「海員不戦の誓い」と金文字が浮き出た黒いプレートが埋められている。出入り口を除いた六面の壁に、B5判程のアルミ板に焼き付けられて壁を覆う千三百の船、船、船。平和な時代にサンフランシスコや欧州航路で活躍した巨大な客船、エリートの留学生を、貧しい移民を運んだ船たち。日本郵船や国際汽船の貨物船も、ありし日の雄姿を見ることが出来る。沈められた年度ごとに分けられて、貨物船も輸送船もほとんどは写真だが、中にはイラストや細密画の写真もある。

だが「光晴丸」も「日愛丸」も掲示されていなかった。戦争に動員された船七千二百四十隻のうち八八パーセントが沈められたというのだから、六千三百七十余の船である。パネルになっているのは五分の一でしかない。船影の無いほうがはるかに多いのだ。だから本当はあと五千余の船が残る壁を埋め、天井にひしめき、あと何面かの壁を要求して待機しているのである。

わたしは息子からもらったメール以上のことはわからないと思っていたから、「火曜日の当番」で、館内を案内してくれた人には何も尋ねなかった。ただ黙って沈没船の壁の中に立った。どの船も「戦のための船」ではない。客や物資を運び、何よりも海を愛した男たちの職場である。貧弱な「戦時貨物船」もある。どんな船にも、海の男の誇りがあった。それが気圧のように見えない凝縮された空気となって、わたしを包む。

夕陽が入るわけもない昼前の壁の中に、わたしは一筋の赤い光を見た。サーチライトのように、アルミ板の船の上を光は走る。一九四四年二月三日午前一時三十分、夜光虫の海を蹴散らして白い航跡を吐きながら、日愛丸はパラオを目指す。祖父はいつ最期の南十字星を見ただろうか。ラバウル港で「遭難船員」となった老船員は、日愛丸では個室もなく引き出しのベッドにも眠れなかったろう。突然の空襲警報がなり、日愛丸は一切の呼吸を止める。といっても既にレーダーをもつアメリカ軍機に発見されているのである。三十二分、腹にこたえる爆発音が続き、四番倉に爆弾が投下された。機関室とは分厚い鉄板の壁で仕切られた、船首よりの船倉だ。落とされた三発の爆弾のうち一発が、ガソリンの入ったドラム缶の一つを直撃した。爆発引火、船員は上甲板に吹き上げる炎を消そうと必死である。しかしその炎を目印として、再び敵機の空襲だった。中央部、機関室を狙い撃ちされた日愛丸は大爆発を起こし、炎上しつつ沈没した。煙突から火炎が舞い上がり、蒸気が白く噴出する。黒煙は満天の星空を汚し、先を争って人々が海中に飛び込む。船の臨終にいつも見られる光景だ。ガソリンの燃える海を泳ぎ切れなかったものは、人の形をした黒い生き物として炎上した。日愛丸の乗組員ではなかった祖父の最期の記録はない。

だがわたしは幻のような赤い光の中に、炎に包まれる祖父を見た。燃え上がる人達は何故か、一瞬でも海から離れるように両手を挙げて飛び上がる。故郷に向かっての挨拶だったのか。人間であること、この瞬間は生きていたと叫びたかったのか。深夜の海に燃えながら沈む祖父が最期に見たのは、幻でもいい。船員たちの導きだった夜空の星であったと、わたしは信じたい。

広大な海のどこにも目に見える墓標はない。はるかな天空から暗黒の深海を透視することが出来れば、海底に横たわる累累たる船の残骸が見えるだろう。戦を始めた人間の長い歴史を懐に抱いて、もはや船とは言えないものの上にも、更に残骸は積み重なっている……。

わたしは祖父の海に、花を捧げに行くことはないだろう。祖父の声を聞くすべがわかったから。

そしてわたしたち一人ひとりの心と決意に、海の墓標はうち建てるべきものだと思うから。

参考文献　『海なお深く』全日本海員組合編
「戦没した船と海員の資料館」館内資料

サファイアの海

何千トンものブルーサファイアを細かく砕いて、波頭に撒いたように青白く光る海。さざ波さえ輝く海があるという。

ビルマやフィリピンなど、南方へ送られた兵士が「最後に見た美しいもの」として印象深く描いている手記を、私は何冊か読んだことがある。

だから私は、てっきり南の海の現象だと思っていた。

だが日本でも見られると聞き、ネットで検索してみると、鎌倉や、愛知の三河湾、能登半島、鳥取、島根の海辺でも見られるとある。四月中旬から八月頃の夜に光るのは夜光虫だとも記されていた。昼間赤潮が出れば、夜にはそれが青く光るのだという。

月の美しい夜ならば、ことさらに海は輝きを増すだろう。一度見てみたいが、もはやどこの海にも私はたどり着けそうもない。だが、想像することは出来る。

戦争から戻らなかった母方の祖父は、外国航路の輸送船で長く働き、機関長だった。太平洋戦争が始まると、船ごと徴用されて海軍の物資運搬船となった。ゆえに爆撃されて沈没した。ラバウルからパラオへ向かっていたところだったと聞く。祖父は何度もその光る海を見ただろう。神秘的に青く輝く波の連なりを。

祖父は定年をとっくに過ぎていたが、船員ぐるみ海軍に徴用される形で、船と運命をともにした。

祖父のことは「海の墓標」というタイトルで短編として書いたことがある。神戸の「戦没した船と海員の資料館」へ掲載誌を送ると、コピーして何年か会館に置かれた。それを読んだ人から、手紙をもらったこともあった。

　母の弟モトシ叔父も、兄のノボル伯父も別々のところで光の海を見ただろう。戦場へ運ばれる兵士たちは、ただ船の上で空を眺め、海を眺めるしかなかっただろうから。

　モトシ叔父は戻らなかったから、戦死したものと私も母も覚悟していた。それだけで、詳しく調べようとはしなかった。

　幸い、兄のノボル伯父はベトナムで敗戦を迎え、復員することが出来た。だから阿部家のことは、彼が全部やっているのだろう、私たちが口を出すことはない、と私も母も思っていた。

　モトシ叔父のことを知りたいと私が思ったのは、ノボル伯父が八十歳で亡くなって三回忌の法要を済ませたときである。ノボル伯父の妻は私に二冊の箱入りの立派な本と、数枚の写真をくれた。

「うちが持っとってもしゃあないし」

　伯父と戦後に再婚した彼女は、モトシなる義弟を直接には知らない。彼の所属だった姫路野砲第××連隊の二冊の記録を開いてみたこともないだろう。一人暮らしになって、身辺の整理をしたに違いない。

　私の母が亡くなると、モトシ叔父という人間がいたことを知るのは、私一人になった。それも触れ合ったのは、小学校に上がる直前の数日に過ぎなかったが。

乗馬姿や分厚い防寒服で写っているモトシ叔父の写真は、幼いころから母のアルバムで繰り返し見ていた。「チャムスにて」と説明があり、そこは京都よりもっともっと寒くて遠いところだ、と母が言ったのを覚えていた。

冬になると手の甲がぷっくり膨らみ、足の小指もかゆくなる。私はしもやけに悩まされていたから、寒いところにいるモトシ叔父がしもやけにならないか、心配した。

出会ったのはただ一度。母の実家であるモトシ叔父の家で、彼等三人きょうだいの祖母の葬儀が行われたときだった。

長男のノボル伯父は、兵役中で来られなかった。

四月になれば私が小学校に上がるという年の三月中頃だった。その月初めに、母は私をデパートへ連れて行き、黒いビロードの服を買ってくれた。薄くて裏付きの大きなレースの衿がついていた。

「入学式用にと思ったのが、葬式にも役に立つとは」と、母はため息まじりに言ったものだ。それまで私は岡山にある母の実家へ行った覚えはない。

洋服に合わせて、黒い革靴も買ってもらった。ちょっと大きめで、つま先に脱脂綿を布でくるんだものを詰めて履いた。太平洋戦争が始まると、革の靴など魔法のように消えてしまったが。

モトシ叔父は運良く、その直前に除隊となっていて、彼の祖母を看取ることが出来た。彼らの実母はモトシ叔父の幼いときに亡くなり、三人のきょうだいは祖母に育てられたのだ。

家にいない船員の祖父が、一家の主婦を求めて再婚したのは祖母亡き後である。彼女は結婚すると、バス停留所に面した離れを万屋にして商いを始めた。連れあいの船が沈められても、食べていく方法を確保しておこうと考えたのだろう。村で一軒だけの万屋で、彼女は先見の明があった。

太平洋戦争がはじまると彼女は店を閉めて、商品は「物々交換」の有力な元手に変わった。農機具は戦争だからといって無用ではなく、ますます必要になった。「食糧増産」の掛け声で、供出の割り当てがどんどん多くなったのだったから。

マッチや煙草も「統制品」だから、配給以外には手に入らない。「交換品」を多く持っている彼女は、米、野菜、魚にも不自由しなかった。

数え年八歳の春、「死んだ人を送る」のは、私が初めて経験することだった。大人たちは配慮してくれたのだろう。私は母の祖母という人の死に顔などは一切見ていない。モトシ叔父は気配を感じるとすぐ私を店へ連れだして、「何でも欲しいもの、あげる」と言った。

村の万屋には、タバコやマッチ、鍋釜、鍬や鎌、肥料など農具の類、藁草履や地下足袋、釘、鉛筆、ノート、食器など日用品はほとんどがあるが、私の欲しいものはひとつもない。

「これいらんか。これはええんで」

モトシ叔父がしきりに勧めたのは、万年筆だった。ピンクと黒がある。特別に棚の上のガラスの戸棚に入れてある。ピンクのビロードの蓋に光る金具をパカッと開けると、真っ白なケースのくぼみに、お姫さまのように万年筆は横たわっている。でも私は欲しくない。

「何にもいらん」と、愛想なく私が言うのを聞いて、叔父はがっかりする。

「今は欲しゅうのうても、大きゅうなったら欲しゅうなるもんで」と、二度目に店へ連れ出されたときは、彼も粘った。

気の毒だから何かもらわねば悪い気がするが、私の欲しいのは、赤いビーズのハンドバッグであり、毛皮のテープで縁取りした衿巻きであり、大きなキューピーさんと、横にすれば目をつむる「眠り人形」なのだ。ここには千代紙も、折り紙さえない。私は鶴が折れるのに。

野辺送りがすむと、モトシ叔父は自転車の荷台に座布団を括り付け、私を乗せて村中を走ってくれた。今思えば、彼はそうやって戦争や軍隊の匂いを消していたのかもしれない。モトシ叔父のベルトをしっかり握っていた手の感覚が蘇る。海辺の道を走った、そのときの風も感じられる。だが、たぶんそんな気がするだけだろう。あれから八十年以上もの歳月が過ぎているのだ。

ひとときの平安をモトシ叔父は味わえたのだろうか。計算してみると、このとき彼は二十四歳だった。

二十歳で「甲種合格」。すぐ兵卒として、岡山県なのに姫路の連隊へ送られ、北満の果てチャムスに配属された。そこで撮られた写真は、私の会ったモトシ叔父とはまるっきり別人のように緊張して、尖っていた。あれは頭を覆う毛皮の縁どりのせいもあったのか、マイナス四〇度の気温のせいか。なごみの表情はどこにもなかった。

いっときの故郷での平和を味わう間もなく、「関東軍特殊演習」が彼を呼び立てた。日ソ中立条約は締結されていたが、七〇万の兵員と一五万の軍馬が、略して「関特演」と呼ばれた「大演習」に、急遽動員されたのだ。

ナチスドイツのソ連侵攻から十数日後、素早くソ連侵攻作戦を計画し、兵士の集結を「演習」とごまかそうとしたのだ。ソ連の極東軍がドイツと戦うために西へ移動したすきに、ソ連領へ侵攻する作戦だった。思惑が外れても、その後も北満では十七万の兵力が維持された。

太平洋戦争開戦の六ヶ月前、岡山県児島郡の彼の祖母の弔いをした家を出て、北満の「第一線」へ再び配置され、そこから更にフィリピンへ送られて、モトシ叔父は故国にも故郷にも二度と「帰らぬ」人となった。

除隊から「関特演」まで、モトシ叔父が故郷で手足を伸ばしたのは、二ヶ月か、長くて三ヶ月だったろう。その間、モトシ叔父は何を考え、何をしていたのだろう。

伯母にもらった立派な本は、『姫路野砲兵第××聯隊終焉記』と『野砲兵第×連隊　戦没者追悼記念誌（戦友会五十年の歩み）』である。『終焉記』の表紙は、金文字の立派なつくりである。私は巻末の一ページ二十三列八段、十二ページに及ぶ、二千百二十名の「戦没者名簿」に、阿部モトシの名を探した。アイウエオ順に並んだ戦没者の、初めの方にあるはずのモトシ叔父の名は、最後まで見当らなかった。「戦死」ではない？　なぜモトシ叔父の名がないのか、それが私の疑問の始まりだった。

私は彼の本籍地である岡山県庁へ電話をして、彼の除籍簿を請求する方法を教わり、実行した。同時に全国紙のA新聞に、「どなたか、阿部モトシを知りませんか」という一文を投稿した。今から二十年ほども昔のことである。

掲載された日の朝、八時過ぎに最初の電話が鳴り、午前中に何人もの方から電話をいただいた。私の電話番号を調べるところから始めたはずなのに、早い。

数日後からは、多くの手紙やパンフレット、冊子、本などを、郵便局がわが家のポストに何度も入れていった。「私はこうやって肉親の最期を知った」という経験談を書いてくださっているのがほとんどだった。ミカンの入っていた段ボールの箱が一杯になる量だった。

「日本人はこんなにも親切だった⁉」と私は感動した。肉親に最期を知られることもなく、この世を去っていった夫、父親、兄弟、伯父、叔父たち。みんな若く、これからという人生を無残に断ち切られた悲しさ、悔しさが「最期を知りたい」という行動につながったのだろう。

中には「お叱り」の手紙もあった。「なぜもっと早く調べなかったのか」というのだ。「戦友会も戦後五十年でほとんど全部が解散した。生き残った者も多くは亡くなり、みな高齢だ。今頃まで放っておくとは……」というものだ。

「すみません。夫の看病や、母の看取りがありまして……」。口の中でモゴモゴ言い訳をして、頭を下げるしかない。

これは「全国紙に載る」ということの意味を考えさせられる出来事でもあった。現在ならSNSであろうか。その日のうちに「分かってしまった」のだ。

あの『終焉記』の編集者のお一人が新聞を読まれて、新聞社へファクシミリを送ってくださったのだ。彼が直接モトシ叔父を知っていたわけではないが、第×連隊の「××野砲兵部隊」でモトシ叔父と一緒だった人が一人生還されて、岡山におられるという知らせだった。新聞社は直ちにファクシミリを私に転送してくれた。私がその送り主へ連絡したのは言うまでもない。一人生還して岡山にお住まいだという人の電話番号も、もちろん聞いた。

ノボル伯父のところにあったモトシ叔父の写真は、私の知らない彼の「少年時代」と束の間の「青年時代」を見せてくれる、微笑ましいものだった。

坊主頭の伸びた丸顔の少年は詰襟を着て、胸に万年筆とシャープペンシルらしいのを挿している。左腕には大きな腕時計。いずれも彼の父親が寄港した街で買ったものだろう。父親は二男の中学卒業記念に贈って寄こしたのに違いない。

私の母に似た面差しで、柔らかな微笑を浮かべている。

「モトシ叔父、卒業おめでとう！」と、遅ればせながら声をかけたくなる写真である。写真には

M. Abeと、書きなれた飾り文字でサインがあった。角度によっては鉄色に、また少しずらすと濃紺に見えるモトシ叔父の肉筆だ。ご自慢の万年筆で何度も練習したのだろう。この頃、モトシ叔父の夢は何だったのだろう。

もう一枚は、ソフト帽を斜めにかぶったダンディな背広姿である。丸顔にソフト帽は「あまり似合わないね」というところだが、かぶり馴れた風情ではある。幅広の派手な斜め縞のネクタイで、すましている。黒いワイシャツ姿の写真は、もう髪が伸びて、七・三に分けている。

当たり前のことなのに、モトシ叔父に「兵隊でないとき」があったことに、私はどこかで驚いている。同時に安堵する気持ちもある。

モトシ叔父は洒落者だったに違いない。二十歳前の若者だから、鏡の前にいる時間がさぞ長かったことだろう。

自転車の後ろに座布団を括り付け、密かに好意を寄せる女性を乗せて、彼は海辺の道を走っただろうか。穏やかな児島湾に沿う、今はヨットハーバーになっている海のそば、緩やかなカーブの道を。

本籍地からの除籍簿が送られてきて、モトシ叔父の最期が記されていた。

「昭和二十年六月二十日、比島リザール州モンタルバン東北十五キロ方面にて戦病死」

「ああ戦病死」。呟くと同時に、私の胸の中に入道雲のようなものが沸き上がる。雲は鼠色にかわり、やがて黒く色を変えてゆく。

「戦病死」とは何か。「病」の一字が入っているだけで、「戦死」とは扱いが違うのか。

戦地で勝手に病気になって死んだから、「戦没者名簿」にも載せてもらえないのか。初めから無視された死なのか。

私は腹を立てたときのエネルギーで、あちこちへ電話をかけた。当時の防衛庁防衛研究所というところへも電話した記憶がある。役所関係はみな、「今頃、はなはだ迷惑」という対応だった。

頭を冷やすために、私は世界地図を出してモトシ叔父がいのちを落としたとみられるモンタルバンを探した。

マニラから直線距離で二十キロばかり北東に、その地名があった。

「旧満州」から輸送船でフィリピンへ運ばれる途中、台湾沖で攻撃されてモトシ叔父の船が沈んだと、私はノボル伯父から聞いていた。

だから、モトシ叔父は「水漬く屍」になったものと長い間思ってきた。実際に輸送船が無事目的地の港に着いたのは、三分の一に過ぎなかったと何かで読んだ。そんな状態でも戦争を続けさせた人間を許せないと思ってきた。

だが「幸いにも」モトシ叔父はそのときは助かったのだ。海のそばで育ったから、無駄なエネルギーを使わずに浮くコツを知っていたのだろう。何が幸いだったのかと思うときが、すぐに来るのだけれど。

モトシ叔父の部隊だった人の手記を読んでも、状況は絶望的である。作戦は一か八かの思い付きで、ある晩「敵の機関銃基地に『斬りこみ』に行くこと」が命じられ、「斬りこんだ後はどうするか」の指示もないままに、握り飯を一個ずつ持たされて、五十人の兵士が送り出される。武器は小銃と「若干の」手榴弾、戦車用の破甲爆雷一個。これは戦車に取り付けて爆破する武器で、亀に似た形をしているので「亀の子」と呼ばれていたらしい。

見送る中尉が激励と、「斬りこみの証拠に、何か敵のものを持ち帰るように」と、ふざけたことを言うのに腹も立てず、兵たちは二十時に出発。二十三時に機関銃基地の近くまで到着する。だが、敵は動くものを見つけると曳光弾をぼんぼん打ち上げて、重機関銃で撃ちまくってくる。何人かの兵がなすすべもなく「戦死」して、他は山中を逃げるのみ。やっと谷川のある所に逃れて握り飯を食べようとしたら、全員の唯一の食料だったそれらがすべて腐っていたという。もとの基地に戻ってみるが、誰もいない。彼らは食料もなく、集合場所も知らされないまま、山中をさまようしかなくなったのだ。

ビルマで「白骨街道」とか、「靖国街道」とか呼ばれた川沿いの道で倒れ、放置され、折り重なった死屍累々の兵士たちも、「戦病死」と一括りにされたらしい。「サルの肉」と称して喰われた兵士も、撤退のとき足手纏(あしでまとい)になると自決を迫られた野戦病院の兵士も、身動きできずにテントごと吹っ飛ばされた兵士たちも、故国の紙の上では「戦病死」であったという。

私ははじめ天狗熱とかマラリアとか、本当の病気で亡くなったのだと言葉通りに受け取っていたから、それを知って大きなショックを受けた。モトシ叔父は、どの「戦病死」であったのか。私が京都の「民主府政の会」で知り合った「中野眼科」の中野先生にもらった、先生の『靖国街道』を読んで、様々な「戦病死」があることを知った。先生は軍医だったから、正露丸などご自分用の薬は「確保」されて生き残られたのだ。

岡山に生還されたというKさんの電話番号に、夕食が終わったころならいいかと思い、七時に電話をした。

私が名乗ると、新聞社にファクシミリを送ってくださったSさんが、私から電話があるだろうと前もって連絡してくださっていた。

「阿部さんはねえ、戻ってこんかった。マニラの司令部まで連絡に行ったままでねえ、戻らんかったですらあ」

母の故郷の優しいイントネーションで、畑の中で半生を暮らした人が言った。同じ岡山出身で、部隊も一緒だったから気になっていたとも言われた。

「遺体も戻らなかったのですか」と言おうとして、私は何を馬鹿なと思いとどまった。観光に出かけたわけじゃなし。

岡山のKさんは、そののちモンタルバンまで「慰霊」に行かれ、何か供えるものがあればと手紙をくださった。そして彼は現地で拾った小石を一つ、私に送ってくださった。親指の爪くらいの、純白のそら豆のような優しい形の石だった。

モトシ叔父がマニラの司令部へ行って戻らなかったと聞いた時、私はその瞬間「ゲリラに捕まった」と思い、その情景が幻燈の続き物のように目に見えた。

食糧補給のなくなった兵士は、どうするか。山野に自生する「食べられるもの」を食べると、あとは住民の食料を奪うしかない。鶏も牛や馬も畑の作物も奪われた住民にしてみれば、日本兵は憎き「敵」に違いない。アメリカ軍が上陸する直前には橋や道路を壊し、放火までした日本軍である。自分たちの土地を勝手に戦場として使い、荒れ放題にしたのだ。

単独行動の日本兵を捕まえたとき、彼らはどうするだろう。

私に見えたのは、紀伊の国アテガワ荘の農民たちが、領主に地頭の横暴を訴えたカタカナ文書、歴史の教科書にも写真入りで紹介されている「ミミヲキリ、ハナヲソギ」というくだりである。地頭は農民たちを脅しているのだが、見えてくるのは文字通りなぶり殺しにあうモトシ叔父の姿だった。それはひどい、あまりにひどい、と私は頭を振り続けて天地に訴える。自分の想像が恐ろしすぎる。

ゲリラの本部に連れていかれて、尋問を受ける。それなら殺すにしても、ズドンと一発かもしれない。それでもひどい。モトシ叔父は「日本軍代表」として殺されるのだ。代表などとんでもないのに。

かすかな可能性として、モトシ叔父が「日本軍から逃げた」ことも考えられる。私はこの可能性に縋りつく。だがそう考えたのは私だけではなく、『姫路野砲兵第××連隊終焉記』の巻末に阿部モトシの名を載せなかった人たちも、その可能性を重視したのではなかろうか。

タイやビルマでは、現地に住み着いた元日本兵が何人もいたという。私は何かで読んだことがある。日本人であることを隠して戸籍を買い、家族を持った人たちがいたと。

ならばフィリピンにいてもおかしくない。

戦後七十七年の現在、さすがに「現地化」したモトシ叔父も故人となっているだろう。生きているなら百歳を優に超えている。

私は想像する。

「じいさんはここからしょっちゅう、北の海を見よったなあ」と、若きモトシ叔父にどこか面差しの似た青年が二人、現地の言葉で話している。同じ方角の海を見ながら。

この家族はモトシ叔父が日本人だと、初めから承知している。

「海が青う光る夜は、とりわけ気に入ったようで、ばあさんに怒られるまで海を見よったが」

「その頃はまだニッパヤシの、吹けば飛んでく家じゃったなあ」

「じいさんはやっぱり、国に帰りたかったんじゃろうか」

「そりゃあ帰ってみたかっただろうで。わしらが戦争で遠いとこに行かされたら、やっぱりここが恋しかろう」

「そうじゃなあ。じいさんも、帰りたかったじゃろう。海を見ながら故郷を見よったんじゃねえ」

「海のそばだと言いよったもんね」

孫たちがそんな会話をしているのを想像して、それが事実であるように、私は祈る。命が繋がれていたら、こんな光景も夢の夢とは言えないのだが、と私は何度も繰り返し思っている。

せめて私の想像の中で孫たちは語り、海はブルーに光を放っていてほしい。青く光を放つ海は、鳥取にも現れるという。南に下れば叔父の故郷、岡山ではないか。

海底に眠る多くの屍の慰霊の灯として。「白骨街道」「靖国街道」と呼ばれた場所も、川辺の水を飲もうとして、水辺で力尽きた兵たちが重なりあったところだ。川は海へと流れてゆく。

海が夜光るのは、兵たちのいのちの灯か。望郷の想いか。こと切れる前に胸をよぎった願いだったたか。

モトシ叔父は、私の三人の孫の誰よりも若かった。

タイケンビル

京都四条烏丸の交差点西南にそのビルはある。現在は三階に京都シネマと、洒落た文具やインテリアを扱う店、それにレストラン、パブ、コーヒーショップなどが幾つも入っている。象牙色のつや消し煉瓦型タイルで張られた八階建ての、ほぼ四角い建物である。わたし達は「タイケンビル」と呼んでいた。「大建」と書くらしいのだが、ダイケンでなく濁らないのは珍しい。「大連」をわたしなどはダイレンと言っていたが、向こうで暮らしていた人はタイレンと言う。このビルは一九三八年に、丸紅が自社ビルとして建てたという。街の中心部では珍しく長寿だが、それだけ頑丈につくられているのだろう。

現在、このビルは「COCON烏丸」という。何のことはない「古今」を横文字で書いただけで、古いものを今も使っていますということだろうが、「あほくさ」と言うしかないネーミングである。わたしの子どもの頃は「進駐軍のビル」だった。「占領」が終るとまた丸紅に戻されたが、その時代は用もないので入ったことはない。

わたしの気に入らないのは、映画館などが入って「新装開店」した時に、ビルの東側正面に変なゲートと入り口の壁面を飾るパネルが付いたことである。イメージを変えるつもりだろうが、これが実にいやらしい。その昔コメディアンの「東京ぼん太」が小道具に使った、緑地に白抜きの唐草模様の風呂敷。古典的泥棒が背負って逃げるあの風呂敷の色調である。プリントフィルムを挟み込んだガラスだそうで、どおりで半透明なツルンとしたモノである。印象では全くあの風呂敷だが、よくみると孫悟空が呼び出すキント雲の形である。孫悟空のキント雲を見たわけではないが、リフォームした人に言わせれば「天平大雲」の文様なのだそうである。白地に緑色のあの雲がひしめいている。「どうしてこんなもの付けたのよ！」。見るたびに腹が立つので、わたしはなるべくこの建物には近付きたくない。

ところが、東宝系でも松竹系でもない、地味だが味のある映画は、京都ではたいていここでしか観られない。しかもわが家から最も便利な場所である。映画は観たいし、キント雲は見たくない。一日延ばしにして、ある朝決心して新聞で時間を調べると、そんな映画は「え、もう終わり⁉」となっているのである。

わたしにこのガラス板を溶かす妖術があれば、たちどころに消してしまうのだが……。正面のガラスばかりが光る「現代的」代物ではなく、窓と壁面がほぼ等しい品格のある美しいビルである。建設当時は屹立していたであろうから、四方すべて同じであろう。現在は北側に新しいビルが建って、四条通から直接見えなくなってしまった。

建物の中も「雲」がテーマであるらしい。入り口のドアも透明ガラスに白い小さな雲が連続しているし、あちこちの仕切りパネルにも同じ雲が飛んでいる。蛍光灯カバーもベージュに白い雲だが、これらはうんと品がいい。内部の店はレストランや喫茶店を除けば、輸入物でセンスは良いがのけぞるように高価なものばかりである。ゆとりのある快適なスペースにさまざまなソファや家具、システムキッチン、書斎コーナーもある。ノート型パソコンを入れたり、プリンターを載せたりする台のついた使い勝手のよさそうな机を見つけて、値札を見ると「セール」で三十七万円だった。

ただわたしたちの入れるのは地下と三階まで。それ以上の階にあるオフィスには、ＩＣカードや暗証番号を打ち込まなければ、エレベータールームに入れない仕組みになっている。ビルの名の通り、古い人や新しい人がパソコン相手に背中を丸めているのだろう。


ここが占領下「進駐軍のビル」だったころ、わたしはもちろん覗くこともなかった。正面に行ったことさえない。わたしの家は四条大宮から「嵐電」と略称される嵐山行きの電車に乗る右京区にあった。だから繁華街の新京極や河原町への往復には、四条通を通らねばならない。市電に乗ったり歩いたり、その度にこのビルの北面を見ていたことになる。

「進駐軍のビル」は全くの別世界であった。覗いたこともないのに何故そう断じていたかといえば、タイケンビルは昼間でも電灯がついて、すべての窓が光っていたからだ。わたし達の家では、台風が来たわけでなくても、よく停電になった。昼間は電気がつかず、夕方になると電灯がともる。それでも停電になることがあって、板に釘を打ち抜き、ろうそくを立てたものは必需品であった。停電の後、急に電灯がつくと、それ以前よりはるかに明るく感じられて、家族の顔まで輝いたものだった。

ところがこのビルは年中、上から下まで電灯がついているのであった。たそがれどきになると、等間隔の同じ窓からオレンジ色の光が放射されてくる。白熱灯の光はいかにも温かそうで、そこが別世界だと教えていた。GHQの京都本部がこのビルに置かれていたのである。

一九五〇年、この「進駐軍のビル」に友人が二人入ったことがあった。わたしはそれを何十年もあとにはじめて知った。一人は「連行」されて地下の「留置場」に入れられた。ビルの地下には急造の留置場があり、入っていたのは彼一人だけだった。

ご本人が当時のことを話してくださったのは、死が彼を連れ去る二週間前であった。わたしは夢にも思わなかったが、彼には予感があったのかもしれない。三日後に手術を控えておられたが、ベッドを起こして話される声はいつもと変わらなかった。「お疲れではありませんか」とわたしは何度も声をかけたが、その度に「大丈夫」と話を続けられた。乙訓医療生協十五周年記念誌をつくるために、わたしは創立者のS先生の「知っているようで知らない」生い立ちの記を書くことになっていたのである。


京都大学の教室から机の上にノートやテクストなどを広げたまま、医学生が一人連行された。「占領目的阻害行為処罰令」によって逮捕されたのだが、何を根拠としているのか、何を「阻害した」のかは何も明らかにされないままだった。逮捕状や裁判所の手続きなどは一切なしの問答無用である。「進駐軍」のやることは絶対で、授業中の学生連行に大学が抗議することもなかった。

ミス・シルクが学部長室に乗り込んで「何故理由も聞かずに学生を渡すのか」と声を荒らげ、

学部長に謝罪させたという。だが大学は、進駐軍に抗議し、学生の返還を求めることは出来ないと明言した。ならばその代り、不当に逮捕連行された事実を告げる壁新聞を学内に貼り、無条件即時釈放を要求する署名活動を学内で繰り広げる。その許可を彼女はその場で取り付けた。

そのときの彼女から放たれる、青白い色彩として見える気迫には、誰も頷かざるを得なかったろう。細身で小柄ながら眉も睫毛も濃い、彼女の瞳は怒りに燃え立っていただろう。ノーといえば、そのまなざしでたちまち刺し殺されそうだったに違いない。怒りに燃え立ってくるほど彼女は冷静で沈着、頭は滑らかに回転し、言葉は次々とほとばしる。

彼女は当時十九歳。父親が半年前に急死した後、家族を支えるために家で姉と洋裁をやっていた。まだ物資のない時代、昔のセルの着物や男物のトンビと呼んだマントを、スーツやコートに仕立てるのである。新しい布を持ち込む人ももちろん大歓迎。洋裁を実際にやるのは主に姉のほうで、ミス・シルクは「営業」を得意とした。もう少しすれば彼女も本格的に洋裁を習い、教える立場にもなるつもりである。

大塚絹というのが彼女の本当の名前である。家の近くに「留日中国学生同盟」の事務所があり、仲のよかった高校の同級生が事務員をしていた。父親が元気な間、その元歯科医の事務所に彼女はよく遊びに行った。手伝っている間に友が辞め、自然に彼女がバトンタッチしたのだった。だれの下宿にも電話などなかったから、ガリ版での印刷物を配って連絡した。外国人には食料の「特配」があるという知らせや、「友好ハイキング」「友好卓球大会」「友好文化交流会」など、何でも「友好」をつけては愉しんだ。レコードコンサートや嵐山でボートに乗ることなどにも、何がしかの理由をつけた。トラックを一台借りて、丹後まで魚を買い付けに行ったこともある。旗こそ立てなかったが、トラックの荷台にも学生達がたくさん乗って、歌いながらの大ドライブだった。京都市内では滅多に口に出来ない新鮮な魚を、同盟事務所の近くの人たちに分けて、大いに喜ばれた。これはもちろん「友好事業」である。

戦争から解放されて、中国人学生達は活気に満ちていた。もちろんまだ中国本土からの留学生はなく、日本で生まれ育った人たちである。あるいは、家族は日本にいて中国東北部や台湾で学んでいた「引き揚げ学生」もいた。彼らは同世代の日本人学生の何倍もの体験を持っている。差別に傷ついた幼少時代のエピソードは、テーブルに山と盛ってこぼれるほどである。だがだれもが意気軒昂だった。中国での内戦はまだ終わってはいなかったが、人民解放軍は東北地方を解放し、北京解放も時間の問題と言われていた。学生達は毎日時間があれば事務所に集まって、議論を戦わせた。世界の情勢を自分の掌に乗せるような、スケールの大きな話である。

彼女はそこでミス・シルクと呼ばれた。「キヌちゃん」と、のんびりした尻上がりの京都弁アクセントで呼ばれていた自分とは、別の人間になった気がした。世界はにわかに大きく広がって、自分が本来はシャープで切れのいい女の子だと気付かされる。女子学生はまだ一人もいず、文字通り彼女は「紅一点」の美少女であった。誰もが彼女の言うこと、命令することに従ってくれる。学生の誰もがミス・シルクを、映画や円山公園音楽堂でのコンサートに誘いたがった。だが彼女は身奇麗にして誘ってくる学生に興味はない。

話し方も丁寧で、「事務員」の彼女にも「これをやって下さいませんか」と頼むのに、一度も何にも誘わない学生がいた。誰の議論にも聞き入り、あきらかにハッタリだとわかる話にも黙って耳を傾ける。最初の印象は、ぬーぼーとした捉えどころの無い人というものだったが、彼が選挙で選ばれた学生同盟の委員長なのだった。議論がもつれた時に彼の言う一言二言が、実に的確に道筋を明らかにする。深夜からパン焼きのアルバイトに通っているというその医学生に、彼女はいつしか惹かれはじめていた。

そして父親の急死の後、彼は彼女の家の二階に下宿を移したのだった。彼女も学生同盟の事務所を辞め、姉と洋裁の看板をかけた。「リンデン洋裁研究所」。彼の考えてくれた名前である。「お仕立ていたします」や「洋裁します」のちまちました針仕事ではなく、大きく広がる未来が感じられる。同じ樹でも「菩提樹」と言うより、「リンデン」はヨーロッパの街に似合う大木という感じがある。アルバイト先から手に入れたという板片に、彼はその名を書いてくれた。それも書道風ではなく、洒落た装飾文字だった。「大塚」の表札の下に掲げられると、古いしもたやが華やいだ。

母親と姉、妹二人と幼い弟が暮らす家で、彼が次第に誰からも頼りにされるのは極めて自然ななりゆきだった。背が高いのを重宝に、電球の取り替えや棚の上のものを下ろすようなことまで、「下宿代」を払ってもらっている人にやらせてしまう。彼も至極当然という顔で、何でもやってくれた。朝方アルバイトから帰って疲れているはずでも、変わらぬ笑顔で家族に接してくれる。彼自身八人兄弟の末っ子で、大勢の家族の中で育ったから、どんなに賑やかでも集中して勉強することが出来た。末っ子がにわかに「長男」になった気分でもあったろう。働き手を失い、学齢前の子どもが二人もいるミス・シルクの一家を守らねばならない、との使命感にも似たものもあったのだろう。そして一家を支えていこうとしている気性の激しい健気な二女に、深い愛情を抱くようになったのもまた自然のなりゆきであった。

彼女が家で型紙を起こす作業をしている時だった。まだ十時にはなっていなかったろう。家の前にジープが乗り付けられたのだった。姉がミシンを踏んでいたが、耳のさとい彼女はジープの止まったのが自宅の前だと気がついた。玄関の引き戸が開く前に出てみると、兵隊らしい二世の男がいた。幌付きジープの中にも人の気配がする。男が「Sはいるか?」と単刀直入、挨拶もなく言ったから、彼女もただ「いない」と答えた。
「大学にいったか」「知らない」。そのままジープが走り去るのを見て、直ちに彼女は自転車に乗った。京都大学医学部キャンパスに向かって走る。彼の身に何かがおこる、彼に早く知らせなければ。ジープにかなうはずはないとか、いったい何事かと考えるより先に彼女は自転車をこいでいた。電気商だった父の遺したもので、リヤカーもつなげる頑丈な荷台がついている。その実用的な自転車で、京都の街をひたすら走った。まわりの光景が早回しのフィルムのように流れるのを意識しながら京都大学に着いた時、先ほどのジープが走り去っていくのが見えた。後ろの予備タイヤがジープのマークのように見えるのを、ただあえぎながら彼女は見送った。

だが彼女は呆然と立ち尽くしていたのではない。直ぐに教室を覗いて、家に出入りしている彼の友人から話を聞き、その足で一人学部長室に向かったのだった。


その学生は、後に私の住んでいた町で診療所を開かれたS先生で、わたしが「友人」と呼ぶのはおこがましい。わたしの子どもたちが幼い頃、何かがあればすぐに走りこむ主治医であり、その待合室はお年寄りの社交場であった。冷暖房完備で、広い部屋には座り心地のいい椅子がたくさんあった。診察が終わり、薬が出ても誰も帰ろうとせず、話に花が咲く。先生も看護婦さんもにこにこ通るか、時には話の仲間に入られる。わたしはそれが不思議でならなかった。元気そうなお年寄りがドッと大声で笑っている。「ここは社交クラブか」「誰とかさんが来てへん。どっか悪いんと違うか」。時折そんな声が聞こえる。「ここは社交クラブか」と、風邪ひきや胃痛で気分の悪いわたしは腹立たしかったものだった。

当時は診療所の二階が先生のお住まいだったから、のべつ幕なしに患者がいた。「診療時間」などあってなきに等しかった。先生のプライバシーというものも、ほとんど存在しなかっただろう。火事で家の焼けた患者さんをしばらく住まわせたこともある。腕のいい外科医との評判が広まると、「入院患者用」の病室は常時満杯。押しかけてきた患者を帰すなど想像も出来ない先生は、ご自分の寝室を提供されることもあった。指を落したヤクザがくっつけてもらいに来た話も、たちまち広がったものである。先生の専門は「脳神経外科」で、脳の細い血管を縫合することのできる方だから、「切りたて」の小指をくっつけるくらいは、さほど難しいことでもなかったのだろう。

親子三代がお世話になったという家族も珍しくない。地域の人々に愛され尊敬され、先生は独り暮らしのお年寄りの「神様」でもあった。深夜に発作を起こしても、先生は直ぐ駆けつけて適切な処置をしてくださる。「大丈夫やで」と笑顔で言ってもらうだけで安心できる。眠れない夜が不安になれば電話をかける。「深呼吸してみ、ほれ吸うて吸うて、吐いて吐いて、すっからかんまで吐いて、一、二ィ、サーン。○○さんの心配も毒もみーんな出て行ったで。ほれ、もうどうもないやろ」。先生はいつもにこやかな柔らかな声で、電話に出てくださる。そう言ってもらうだけで安心して眠れる人がどれだけいただろう。昔コーラスをやっていたこともある先生に「○○さん、おやすみ」を言ってもらいたくて、電話をかける人もいた。だから先生のところはトイレにも風呂場にも受話器があった。世の中にこんなに優しく大きな人がいる、こんな先生と出会えた、それだけでも生きてきた甲斐がある、と自然に誰もが思ってしまう先生だった。

「S先生が日本人やったら、大病院の外科部長にも院長にもなった人やのに……」

S先生を良く知る、今は亡き沓脱タケ子さんが、わたしに言われたことがある。この国が遅れているのが悔しいと。S先生が医師になった当時、国公立の病院では外国人医師は門前払い。豊かな貿易商の家に神戸で生まれ、空襲では日本人と一緒に家を焼かれても、先生は中国籍であった。敗戦の年、父親を失い、家族が帰国されてからの先生は、さまざまなことで生計を立てながらの苦学生であった。

先生を真っ先に受け入れたのは、沓脱さんが院長だった大阪の西淀病院である。一八〇センチの長身、ハンサムで親切、スポーツ万能で歌も上手い先生はたちまち病院の人気者。沓脱さんのお母さんはムスメが診ると言っても、S先生にしか診察させなかったと、何度も彼女から聞いた。

だが、それもこれも、先生が無事に医師になられたからである。京都大学医学部四回生の秋も、先生にはまだ「留日中国学生同盟」の委員長という肩書きがあった。思い当たるといえば逮捕される理由はそれしかなかった。しかしその肩書きで、なぜ逮捕されるのかは遂に明らかにならなかった。「取り調べ」も一切なく、ただ地下留置場に一人いて、食事時間になれば何人かのMPとジープで、京都では岡崎に行ったという。岡崎には京都の由緒ある高級住宅や財閥の別荘があり、そのほとんどは占領軍に接収されていた。その一軒が彼ら専用のレストランだった。

ジープはサイレンを鳴らして信号を無視し、ほとんど車の走っていない時代、猛スピードで烏丸通を疾走したという。「こいつら毎日こんなええもん食うとるんか！　とびっくりしましたねー」。先生はベッドで、今は「古女房」となった絹さんの淹れたお茶を飲みながら、微笑された。

現在ホテルでよくあるバイキング方式の食事が、毎回供されたと言う。

十九歳のミス・シルクの活躍は目覚しかった。彼女は直ぐに「留日中国学生同盟」に立ち寄って報告すると、大学を卒業してタイケンビルに勤めている知り合いの住所を確認した。「進駐軍」は日本人より中国人を信頼していて、何人もが事務や運転などの要員に重宝されていた。卒業してもOBとして、ほとんど住所がわかっている。

壁新聞と署名用紙は、学生が手配してくれることになった。講義ノートをしっかりとってもらうことも友人に確認済みである。彼を無事卒業させ医師国家試験に合格させること、これは訳のわからない不当な逮捕に対する何よりの反撃である、と彼女は考えた。そのためには早期釈放と、彼が拘束されている間の講義の空白を埋めねばならない。

ミス・シルクがタイケンビルを訪ねたのはその夜のうちだった。彼の居場所は、ビルに勤めている友人から聞いた。ビルには幾つも階段があるが、他には目もくれず正面を入って約七メートルの左側階段を地下に下りる。階段を下りてまっすぐ奥に進めば、彼がいる。友人は彼がそこに入れられるのを見たという。彼女は頭の中で繰り返し、彼の居場所を身体に入れた。ビルの中でうろうろしては怪しまれる。通い慣れた、このビルの勤務員のように振舞わねばならない。

入り口の両側には、自動小銃を肩にしたMPが立っているだろう。彼らが何か言っても、どうせ英語はわからない。阻止さえされなければ、何か言われても「ハロー!」と手でも振るつもりである。家を出るとき、彼女は市電の回数券を二枚だけワンピースの脇ポケットに入れた。もう一方には小さなハンカチだけ。祖母が昔着ていた唐桟を自分で仕立てたものである。紺の濃淡と茶色の縞の典型的な唐桟である。衿には共布で長いボゥをつけ、前で結ぶ。今の季節で一番気に入っている洋服だった。伝統的で地味な色調が若さを匂い立たせているが、彼女にそんな計算はない。肩まである髪は梳かして一本の三つ編みにした。余計なものは一切持っていかないつもりだが、もし、彼が何処かに引き出されて留置場にいなかったら……。そう思って彼女はメモ用紙を回数券ほどに切った。そんなスペースに記せることはない。子どものいたずらのように相合傘を書き、右側に「阿隆」、左に「阿絹」と鉛筆で書いた。二人でいるときお互いに呼び合っている中国風の愛称である。彼はアリョン、彼女はアチェン。それを折りたたんで金網の中に入れておけば、少なくとも彼女がタイケンビルに乗り込んできたと、彼にはわかる。

夜八時であった。タイケンビルは光に包まれ、光を放っていた。四条烏丸で市電を降り、彼女は迷いなく真っ直ぐビルの正面に向かった。緊張でのどが乾き、震えそうな足を叱咤した。革靴は持っていなくて、ゴム底の茶色の布靴なのが丁度よかった。毎晩このビルに通っている、というように二人のMPの間を通る。背筋を伸ばして通り抜けたとき、後ろで何か言う声が聞こえたが、彼女は振り向かずお義理のように片手を振った。誰も追いかけてはこなかった。ビルの中をキョロキョロせず、階段まで七メートルと自分に言い聞かせる。階段を下りるまでに、何人かの街で見かける制服姿とすれ違ったが、「お前は誰か」とも聞かれず、拳銃を突きつけられもしなかった。自分がにわかに明るい、アメリカ映画の一場面の中にいるような気がした。

地下への階段を下りるとき、高い山に登って下山する時のように膝が笑った。屈辱を感じながらも、思わず大理石の手すりを持って、途中で踊り場のある深い地下に下りてゆく。あたりを見回すと森閑として、廊下には二メートル間隔で明るい電灯がついていた。あたりの気配に注意しながら、奥に進む。いきなり脇のドアが開いて、誰かが顔を出さないとも限らない。その時はやはり「ハロー!」と手を振るしかない。下腹に力を入れて呼吸しながら進むと、めざす場所はすぐ見つかった。

鶏を飼うような目の粗い金網が金属の枠に張られている。本来のドアがはずされて、それがドアなのだった。泥棒なら小さなドライバーですぐはずせるような南京錠が下がっている。本職の泥棒でなくても、ペンチを持ってきて金網の何箇所かを切れば、ぐっと広げて身体を出せそうなチャチなものである。彼を収容するために大急ぎで作ったものだろう。ドアともいえない網の前に立って、彼女は胸が詰まった。部屋の中には鉄製のベッドが置かれ、彼はこちらを向いて腰かけていた。だが深く項垂れて、顔は見えない。彼のこんな無防備な姿を見たことはなかった。普段でも少しも勇ましい所はなかったが、いつも面を上げている人だった。彼の大きな身体が、にわかにひとまわり小さくなった気がする。たった十時間ばかりのことなのに。自由を奪われるとは、このように人を小さくするものか……。

金網の中に煙となって入ることが出来れば、いつものように後ろから彼の背中に耳を当てたい。大きな肩に両手をかけて彼の心臓の鼓動を聞くと、この世に不安なことなど何一つないと思える。

だが今彼女が最も不安なとき、それが出来ない。逆に自分が彼を励まさねばならない。「しっかりしいや」と自分に言い聞かせる。可能なことは全部していると告げる以外、何もないのだった。「アリョン」。小さな声で呼んでみる。何の反応も無い。もう一度声をかけると、彼は驚いて身体を起こした。居眠りをしていたのだと気が付いて、絹はおかしくなった。同時に腹立たしくもある。ヒトが心配してるのに、なんやのん！　それでもうれしい。何日も会わなかった懐かしい顔に、久しぶりに再会した気がする。

彼は確かに絹を見たが、信じられない様子である。夢をみていると思ったのかもしれない。何秒かして、現実だとわかったのだろう。大きく目を見開いて立ち上がってくると、「どうしたん……」と言った。どうしたはないだろう。金網越しに指を絡める。

「どうやって入ったの」

彼は大きな身体をかがめ、声を潜めた。

「玄関から堂々と」

「大胆やなあ。大丈夫やったか」

もうちょっとましなことが言えないものか、現にここにいるではないか。地下の何処かで、ドアの開閉する音がする。真っ直ぐな廊下を伝って音は良く響いた。

「びっくりした！」

彼は目に焼き付けるように彼女を見てから「もう帰り」と言った。

「うん。心配ないからね。すぐ出られるように万事旨くやる」

「ありがとう」

絡めた指をつよく押し付けて、絹は思いだした。

「お守りあげる」

ポケットから回数券とともに小さな紙切れを取り出して、彼に渡した。たて半分に折ってある。

「また来るわ」

「気いつけて」

帰りも誰にもとがめられず、絹はタイケンビルを出た。MPもいたが、出てゆくものに興味はないのか、声もかけなかった。

次の日、彼女は忙しくてタイケンビルには行けなかった。大学で朝鮮人学生が作ってくれた署名簿を持って学内を廻った。ガリ版の文字は「悲壮体」とでも名付けたいもので、油の滲んだ青いインクで刷られていた。壁新聞が医学部、理工学部、文学部にそれぞれ貼られているのも確認した。友人の講義ノートを借りて帰り、夜までかかって書き写し、返しに行った。次からは二日分ずつ写させてもらうことにした。だからその夜、絹はタイケンビルには行けず、その次の夜に出かけたのだった。

彼はいなかった。金網ドアはそのままだったが、中のベッドもなくなっていた。留日学生同盟のOB宅に、彼女がその足で走ったのは言うまでも無い。だが彼もリーゼントの頭を振るばかりだった。どこに行けばわかるか、誰なら知っているか、彼女は執拗に聞き出して、岡崎の宿舎にいるナカジマという二世将校を尋ねた。彼から聞き出せたのは「Sは大阪中之島に送られた」という一言だけだった。

中之島の進駐軍本部でも何の「取調べ」もなく、ただ一ヶ月身柄を拘束されただけだった。ミス・シルクが講義ノートを持って、せっせと通ったのは言うまでもない。

「結局何のための逮捕、拘留だったんでしょう。今から考えてどう思われます」

病院でわたしが尋ねたとき、先生は遠い昔を思い出す目をされた。

「朝鮮戦争が始まって四ヶ月くらい後でしたからね。周恩来が抗米援朝を国慶節で内外に公言して、その月の間に人民解放軍が鴨緑江を越えたでしょう。僕が中国の学生達に、解放軍に参加しようと呼びかけるとでも思たんかなあ」

わたし達三人はそれぞれ苦く笑った。

日本人もあの当時「占領目的阻害行為処罰令」で捕まったと、わたしは聞いたことがある。彼らは「朝鮮戦争反対！　日本を軍事基地にするな！」というような伝単（宣伝ビラ）を電柱に貼ったり、ビラを撒いたりして捕まったと聞いている。彼らはもちろん、日本の警察に連れて行かれた。先生は外国人だから、占領軍の留置場に入れられたのだろう。だが「人民解放軍」に入るのは無理に決まっている。後方基地にゲリラ攻撃でもやると思ったのだろうか。それぞれの沈黙があって、先生は「治安維持法時代の予備拘束みたいなもんやったんやろ……」と言われた。戦前の小説でしか知らない世界が、誰も知らないところで黒い口を開け、まがまがしいガスを吹き出すのを見た思いがした。

「あの晩、タイケンビルにおらへんかったときは、寒気がしたわ」

絹さんはそう言ってふと思い出したというように、「わたしが渡したお守りはどうした？」と尋ねた。小さな紙切れである。直ぐどこかに消え、今まで思い出しもしなかったという。

「食うた」

「食べたん⁉」

わたしと絹さんは二重奏で笑った。

大阪中之島に移されると分かったとき、身体検査をされると思った先生は、とっさに「食べた」というのだった。

「あれ以来腹の具合が悪い」と冗談をいう先生に、「頭突きするぞー」と彼女も応じた。

手術後先生は意識を取り戻し、家族に感謝の言葉を述べられたが十日後に亡くなった。ミセス・シルクが元気でいれば、彼女のことだから相変わらず人の世話を焼いていることだろう。自宅を「寡婦の家」にして、身寄りの無い寡婦が集う所にする、と言っていた。彼女はそこで自慢の「本格的な中華粽（ちまき）」や広東料理を一緒に作り、話したり笑ったりして過ごす日々を語っていた。だが、彼女も二年後には先生を追うことになる。

わたしは彼女とタイケンビルに来たかった。二人で先生の囚われた部屋を確かめたかった。もうそのすべは無くなったので、わたしは時折キント雲を視野に入れないよう注意してビルに入ると、左側の階段を下りてみる。年代物の階段で、今はエスカレーターがあるからいつも人気がない。地下の突き当たりはドイツビールを飲ませる店だ。昼間に一人ビールを飲む趣味はないので、わたしは何度行ってもそのあたりの空気を吸っているだけだ。ただ店の入り口に佇んで、二十三歳の先生と十九歳の若き友の幻を追うのである。

雀

台風の翌朝みたいに澄みわたった空、ええ天気でよかった。今日は周市つぁんのおとむらいやのに、わたしは行かれへん。かんにんえ。そのかわり、雀の来るベランダの箱に、今朝はクッキーを二枚はりこんで入れといた。いつものパンのミミとちがうで。昨日、娘の美代子が買うて来てくれた上等のん砕いてやった。お供養や。わたしはここで一人、周市つぁんのおとむらいやってるつもり。一番最初に来た雀を周市つぁんて呼んだろ。丸い手鏡の中いっぱいに空がある。広い広い空が、直径十五センチの鏡にみんな集まって来て、十一月はじめの澄んだ大気をとどけてくれる。立って、窓をいっぱいにあけたとしても、隣の物干しと裏の二階の板壁で四角い空しかみえへんのに、鏡の中の空はどこまでもひろがって、無限ちゅう言葉を頷かしてくれる。

周市つぁんはこの空を昇っていって、天女みたいに空の上で舞うてんのやろか。あの世とかへ行く前に、葬式のすむまでやったか四十九日のすむまでやったか、死んだ人は自分の家を見下せる空にいるて、昔おばあちゃんがいうてたことがある。そんなことできるのか不思議やったけど、「まんまんさんにならはったらできるのや」とおばあちゃんはいうのやった。男の天女てけったいやけど、この際ええがな。がまんして。七十四歳の周市つぁんが、天女の衣みたいなんひるがえしてたかてかまへんわ。

空からきっとこの窓みつけてお別れにきてくれる。天女の姿では恥ずかしいさかい、雀の姿に身をかえて、まっすぐ鏡の中へ降りてくる。あ、しもた。鏡持つ手の角度がちょっとずれて、わたしの顔が映ってしもた。また一番嫌な顔見てしもた。わたしはいっつも、こんなもっともらしい顔してるのやろか。自分の顔見よう思て鏡を取る時は、ちゃんと御対面用の顔つきになってるのやけど、不意に映ってしまう顔は、わたしの嫌なもんを全部上に乗せている。世の中のことも人間のことも、ほんまは何にもわかってへんくせに、わかってへんこともわからんと、なんでも知ってるようなわけ知り顔してる。

年やもん、皺があるのはしょうがない。髪が真っ白になったんもしょうがない。けど、夢も憧がれもみんな遠くへ投げすてた、もっともらしい顔にだけはなりとうない。昔からそう思てるのに、不用意に見てしまうわたしの顔は、そのなりとうなかった顔そのものや。嫌やなあ。死んだ顔はどんなんやろ。自分では見られへんのに、人にはのぞきこまれる。この頃では窓のついたお棺もあるのやて。

わたしの一番の望みは、なるべくかいらしい顔して死ぬことや。死に顔は一生の総決算、何にも残すもんないのや。せめて「ほれ見てみ、かいらしい顔して死んだはる」て、見てくれた人が楽しいなるような顔を残したい。生きてる間に見てしもた嫌なことが、いっせいに羽音たててとんでって、きれいなもんしか見たことない顔になる……焙じたての熱い番茶で好物のおいしい桜餅を食べた後、口の中に残った甘さを味おうてる、そんな顔して死んでたいのや。

周市つぁんは、どんな死に顔やったやろ。心筋梗塞やったいうさかい、えらい苦しかったやろ。そやけど長い患いでのうてよかった。不意におらんようになるのが、周市つぁんらしい。わたしの前に急に現われ、またふいとおらんようになる。最初に周市つぁんを知った時もそうやった。

あれは昭和九年の六月のはじめや。わたしは二十一歳、その前の年にうちの店がつぶれたんやさかい、よう憶えてる。

アセチレンガスのにおいと青い灯が続いて、不意に曲った横丁には夜店が出てた。わたしは人波の中で立ち止まった。自分とは別世界の入口に立ってるみたいやった。家から離れたはじめての町で、わたしはまた借金の言いわけに行かされる途中やった。京都の街中でも、こんな西の方に来ることはなかった。家から市電と嵐電を乗り継いで、父の書いた地図を見ながら歩いてたんや。

「ほんまいうたら、もうとっくにお返しせんならんのですけど、すみませんがもう少し時間をいただきたいとお願いにあがりました」

なるべく自分を傷つけんでもすむ言葉を探して、要するに金はまだ返せへんと相手にわかってもらうのがわたしの役目やった。父がもう何べんも行って、今度はおまえが行けといわれてる五軒の家の、今夜が最後の家やった。晩に家へ訪ねて行く方がええ。店やったら店で使うてるもんの手前、ほんならいつ、どういう風にして返済するか、きっちり詰めた話をせんならん。家へ帰って風呂から出て、冷たいビールなど飲んで食事をすました頃、若い娘が訪ねて行くのや。まあええがな、いうことになる。父はわたしにそんな知恵をつけたけど、わたしははじめから父の知恵を信用してへんかった。

ほんまに父に知恵があったら、派手に開いたラジオ屋の店をつぶすこともなかったはずや。第一、その前にラジオのことも電気のことも、自分では何にもわからへん者がそんな店をやったりせえへん。これからはラジオの時代やいうても、修理の一つも出来ひん者には無茶な話やった。腕のええ技術屋やという男に、全部盗られて逃げられてしもて、借金だけが残ったんやった。朝鮮では何をやっても成功したいうのが父の自慢やったけど、朝鮮と日本はちがう。商売は強気で行かなあかんが口ぐせやったけど、今から思たら父でも成功したんは、朝鮮の人を踏みつけにしたさかいやろ。幼かったわたしにはわからへんことやったけど、わたしは朝鮮の子どもの食べるもんを横取りして大きいなったいう気がしてる。

借金してるとこは、昔父が朝鮮時代に世話した人ばっかりやいうけど、それもほんまか嘘かわからへん。晩御飯一ぺん食べさせたぐらいでも、父の意識の中では世話したことになってるのかもわからへん。上へあがれともいわれへんかった家もあったし、女中さんがわざわざ持って来て卓に置いてくれたお茶を、茶なんか持って来んでもええんやと叱って、さげさせた家もあった。茶を飲みたかったわけやないけど、一杯の茶もふるまうことならんとする主に、弱味一方のわたしは胸の底がふるえるようやった。借金してたら人間扱いされへんのかと思た。こっちが虫のええことを頼んで約束守らへんかったのに、あんたも大変やなあとねぎろうてくれるのを、どこかでアテにしてたんや。全身に汗をかいて、頭ばっかりさげてその家から出たら、デパート勤めなんかやめて、中書島なと五番町なと身売りしてでも借金ミミを揃えて返したる、と決心する。もちろんそれは一時の興奮からで、わたしは自分が遊女にはなれへんことをよう知ってる。

とにかく今夜最後の一軒へいって、何を言われても、すみません、お願いしますとくりかえさんならんのやった。そやけどまっすぐ行く道を、わたしはひょいと横丁に入って、昼間より明るい夜店の真ん中に入ってしもたんやった。

横にした竹にハッカのパイプが色とりどりぶらさがっている。リリヤンのひもの先にセルロイドの何色ものパイプがついて、吸うとハッカの粉が出てくるやつ。丹下左膳や鞍馬天狗のお面、ねじり鉢巻のおじさんが、見てる間に小さい鋏一つで犬や鳥をつくる屋台、人の顔ほどもある薄いべっこう飴。わたしは忘れてた世界に入ってた。ポン菓子屋の隣に、懐かしい水中花があった。何段もの棚の上にコップが並び、手品師がステッキの中からとり出したような色鮮やかな花が水の中でひらいている。

幼い日、世の中にこんなきれいなもんがあるのやろかと感心して眺めたもんや。こんなに並んでたら、ありがたみも憧れものうなってしまう。水中花は、この世でたった一つ、というようにコップの中でゆれてなあかん。

わたしは朝鮮、大邱の町はずれの洋服仕立屋のウインドウで水中花をみたんやった。埃っぽい道路に面した飾り窓には、年中同じ紳士服の生地がさがってて、その足元にいまひらいた夢、という風情で水中花があった。小学校の往き帰り、わたしはガラスに鼻をくっつけて、息をつめるように見とれてたんやった。大邱の郊外に父が果樹園を持ってた頃やさかい、つくりもんの花よりも本もののりんごの花を見てたのに、鮮やかな赤や牡丹色をきれいやと思たんやろ。

古本屋の前で立ち止まったんは、わたしが本好きなんもあるけど、そこだけ誰も人がいいひんかったしやった。畳一枚分のゴザが本屋の店やった。ゴザの上には積みあげたんを崩しただけの乱雑さで、たくさんの本があった。その前にしゃがむと、島田清次郎の『地上』を手にとってみた。友だちに借りて読んだことがある。改造社文庫の『生れ出づる悩み』もあった。知ってる本にめぐり会うのは、旧い友だちに会うたみたいで、気の重いこれからの用事をいっとき忘れさせてくれた。

表紙のないその本を手にしたんは、表紙のかわりにきれいな千代紙が貼ってあったさかいやった。白地に紫の麻形模様は、くすんだ古い本の下の方にあった。けど、ちょっとだけ見えてる模様が鮮やかで、思わず手がのびたんやった。

――あ、それ。

お客が来ても知らん顔で本を読んでた店の主が声を出した。りんご箱を横倒しにした上に腰をおろして、こっちを見てるのはまだ若い男やった。

――なにか。

わたしは身構えてた。盗んで行くとでも思われたんやろか。屈辱で、顔が熱うなるのがわかった。借金のことわりに行くいうても、バカにせんといてほしいわ。

――読みますか、その本。

男はわたしをうかがうように見てる。手にした本をわたしはまだ開けて見てへん。失礼なこと聞く人や。わたしは男を無視して千代紙をめくってみた。中表紙の右側に、「経済学博士河上肇著」真ん中に『貧乏物語』と印刷してあった。本の題名がわたしにとびこんで、出ていかへん。わたしが本を見てるというより、本の文字がわたしをみつめ、わたしをつかまえてるみたいやった。「貧乏物語」。これはわたしのために書かれた本やないやろか。

――読みます。買います。

わたしはとり戻されへんように、本を腕に抱えこんでた。

――そうですか。読んでください。

本屋はそういうと、急に顔を折り畳んだような笑顔になった。すすけてみえた顔が、真白な歯のせいか急に清々しい感じになった。

わたしはあわてて代金を払うた。なんぼやったか、高かったんか安かったんかも覚えてへん。お金払たらわたしのもんや。けったいな古本屋や。その印象でケリをつけて、わたしは背をむけた。

――まいどおおきに。来月もここにいるし、来てください。

本屋の声にもふりかえらんと、わたしは元の通りへ出た。本は買うのに、わたしは憧れの水中花は買わへんかった。もうこんなとこへは来ることないと思たのに、わたしはそのあと何べんもその夜店へ行った。古本屋と会うたんはあと二回だけやったけど。

借金してたとこへ、返さんならんお金の五分の一にもならへん金額を持って行く用事もあった。そのついでやといいわけしてたけど、わたしが足をむけたんは、あの晩買うた一冊の本が、わたしに新しい世界を見せてくれたしやった。その世界をもっとはっきり知りたかった。手で触わって、叩いて自分で納得したいのやった。その糸口をつかまえるのは、あの古本屋しかないとわたしは思たんやった。

小説しか読んだことないわたしに『貧乏物語』はむつかしかった。全部がわかったとはいえへんけど、何かモヤモヤと形にならずにわたしの中にたまってたもんが、すっきりする気分やった。『貧乏物語』はわたしに世の中を見るということを教えてくれた。ラジオ店がつぶれて、引っ越した下京の小さい借家と、そこでの父と二人の暮らし。四条のデパートで紺サージの上っぱりを着て、呉服売り場に立つわたし。わたしにはこの二つの現実があるだけやった。デパートの同僚と、借金のいいわけにまわる家、つきあいもない近所の人、わたしのまわりの世界がわたしの世間やった。借金もよう返さん者は、身体をちいそうにして、その中で生きていくしかしょうがないのやった。わたしの家が貧乏なんは、父が商売に失敗したからや、父の考えが甘いから、そんなことになったとわたしはずっと思うてた。人に使われるのは嫌や、この年になって今まで人を使てた者が使い走りみたいなことできるか、と父が働かへんさかい、いつまでも貧乏な暮らしからぬけられへんのやと思うてた。それは確かにその通りなんやけど、もっと大きい社会というもんがあるのを知らんかった。鳥瞰図を見るように世の中を見ることなんか、考えたこともなかった。

そら、わたしの売場で豪勢な買い物するお客さんもいる。一年中食べんと給金貯めてもわたしらには買えへん高い着物を、一ぺんに二枚も三枚も買う人がいて、「あるとこにはあるもんやなぁ」と、同僚と感心することがある。そんなお客はええお客さんや。わたしらも知らんまに最敬礼で、愛想笑いも自然にしてる。「あんなんは成金や。ほんまの金持ちのとこは外商がまわってるわ」。

高い着物を買うて気嫌よう帰っていく客をバカにする同僚もいる。するとわたしらは、金持ちと一緒に自分らもバカにされた気がしてくるのやった。なんやのん、あの人。自分は銘仙の一反もよう買わんくせに。世の中の不平等を憤慨するより、手近な同僚の悪口を言う方がわたしらの性に合うてたんやった。それで結局、世の中のことにも社会のしくみにも目を向けんとすごしていく。

『貧乏物語』は開けてるつもりで眠ってたわたしの目をひらいてくれた。女学校を三年で中途退学したわたしにはむつかしかったけど、わたしはくりかえしその本を読んだ。霞がかかってた頭の中に強い風が吹いて、一筋の光が射しこんでくるみたいやった。

わたしは翌月の夜店の日も、素知らぬ顔で古本屋の前へいった。たまたま通りかかって、あれ、またこんなとこに古本屋が店出してる、と気付いたという具合に立ち止まったんやった。

――やあ、来てくれましたね。

古本屋はそんなことに頓着なしに陽気な声やった。

――ついでがあったもんやさかい。

わたしは「ついで」に力をこめた。

――この前の本、読みましたか。

わたしは本の山を崩しながら、あれこれと手にとってみた。

――まあ。

――どんな本が読みたいですか。

求めてここへやって来たのに、そういわれると放っといて、となってしまう。

――本、好きですか。

白い歯をみせて笑いかけられると、わたしは切り口上に答えてしまう。

――好きです。

いうてしもてから、わたしはへんにどぎまぎした。好きなんは本で、本屋ではないと言い直したいけど、そんなことといわれへん。

――これください。

手に持った本をろくに見もせんと買うてしもた。

――まいどおおきに。

いやに大きう響く声に、舌打ちしたい気持ちでわたしはそこを離れた。買うてしもた本は岩波文庫の『復活』やった。月に一冊ずつ、古うても本が増えていく。わたしはデパートの包み紙で表紙カバーをつけて、小さい机の上に立てた。返さんでもええ自分の本は、何べんでも読める。三べんめに夜店に行ったんはもう九月で、晩は涼しい風が吹いてた。本屋はわたしの来るのがわかってたみたいに当り前の顔して頷くと、りんご箱から腰をあげた。

――ええ本があったから、外のお客さんに買われんように隠しといた。

わたしが何にも言わんうちに、彼は腰かけてたりんご箱から一冊の分厚い本をとり出した。

――そんなごつい本。

思わずわたしは呟やいた。

――いや、これは小説やさかい、むつかしいことない。しかもええ小説や。

その本にも白いカバーがかけてあった。わたしは手を出さずに言うた。

――ごつい本は高うて買われへん。

値は聞いてへんけど、分厚い本は値も高いやろと思たんや。

――それじゃ借す。是非読んでほしいから。来月持って来てくれたらええ。

ほれ、というように本を突き出してよこすから、わたしは仕方なさそうに受け取った。どんな本やろとすぐ見たかったけど、重さを計るみたいに手に乗せて上下に動かしてみた。ずっしり重たい本やった。厚い表紙をあけてみると『母』という題で、マクシム・ゴルキーと書いてあった。

「母」。ただの一字が波みたいにわたしに押し寄せてきた。わたしに母はない。女学校三年の時に結核で死んだ。それでわたしは学校も中退して主婦代りになったんやった。母がいたら、父のラジオ店をやめさせたかもしれん。母がいたら、わたしは女学校を卒業してお稽古ごとしてたかもしれん。母がいたら、今までにとめどなくくりかえした仮定の母が、足元から這いのぼってくる。

——汚さんように読んでや。ごつうてもひと月あったら読めるやろ。

本屋は元のようにりんご箱に腰をおろして、わたしを見上げてる。お客にぞんざいな口をきく本屋やと思たけど、お金を払ろてへんのやさかい仕方がない。

——お借りします。

と頭をさげた。借金の言い訳のつづきをしてるみたいな気がしたけど、大きな本を抱えてうれしかった。

翌月わたしが夜店に行った時、古本屋はどこにもおらへんかった。夜店の端から端まで歩いてみたけど、あの古本屋は消えてしもて、そのあとには綿あめ屋が足でペダルを踏んで、ちぎれ雲みたいに湧き出てくる飴を細い棒に巻いとった。わたしは『母』を読み終えたけど、本は持っていかへんかった。お金を払て自分の本にしたかった。風邪でもひいたんやろかと思て、その翌月も行ってみたけど、やっぱり古本屋の姿はなかった。

彼が山田周市という名前やと知ったんは、わたしが善さんといっしょになってからやった。善さんは、わたしが借金返しに行く一軒の印刷屋で、植字工をしてた。あとから思たらさりげない見合いをさせられて、所帯をもつことになったんやった。真面目そうな人で、三べんほど新京極へ映画を観に行ったけど、あんまり話もせえへんかった。

わたしが持っていった十冊ほどの本を見て、善さんは「本、好きか」と聞いた。わたしが頷くと、「月に一冊ぐらいは、古本でも買うことにしよう」言うてくれた。善さんはわたしの本を見てたけど、急に大きい声を出した。

――これ、わしの本や。

善さんは『母』をめくってた。

――ほれ、××の横に「革命」て書いたんはわしや。わしの字や。ここにも、ほれここにも。

善さんは頁をめくって、わたしに見せた。

――これは古本屋で……。

買うたんとはちがうけど、わたしのためにとっといてくれた本や。わたしは××の横の字も、あの本屋が書いといてくれたんやとばっかり思てた。

――そうか。これ弘法さんか天神さんか、それともどっかの夜店で買うたやろ。周市つぁんから。

わたしにはまだ事情がわからへん。

――そうか。周市つぁんは是非読ませたい人がいるさかい借りていくいうて、わしのとこから持って行ったんや。女の人やとはいうとらへんだ。ひと月ほど借してくれ言うたままや。なんとなんと。

あの夜店で『母』を借りてから三年ぐらいたってた。一冊の本が三人をつなげたんやった。元の持主のとこに、ちゃんと納まっためぐりあわせが不思議で、わたしは「こんなことがあるのやなぁ」と何べんもくりかえしてた。善さんと周市つぁんが昔からの友だちやったんはわかる。けど、そこへわたしがつながるのが不思議やった。

——周市つぁんは、もう本屋やめたん。

わたしは何べんも夜店へ行ったことは黙ってた。いっぺん弘法さんの縁日にも捜しに行ったことあったけど、それも善さんには黙ってた。

——スパイにやられたんや。

善さんは『母』を、両手を強う打ちあわせるように閉じながら言うた。本を押えつけてる荒れた、ずずぐろい植字工の指が白う見えた。鋭い目と、尖った大きい耳だけの生き物が、善さんの指の間から出て、冷たい風を起してわたしのそばを通っていったような気がする。スパイいうたら、わたしは骨も血も肉もない、風みたいにどこでも通り抜ける透明な蝙蝠みたいなもんを連想する。スパイにやられるて、どういうことやろか。

——なんぞええ本ないか、どこそこの労働者やけど、残業しても一日一円三十銭しか出しよらへん。労働者がもっと勉強せな資本家と太刀打ち出来ん、なんていうて来るのがおるのや。そんなんが十人来たら、六人まではスパイや。

――善さんはなんでそんなこと知ってるの。

――周市つぁんが自分でいうとった。

背中に冷めたい手をさし込まれたみたいに、わたしは身震いした。恐ろしい人がいるもんや。人をためすだけやのうて罠にはめる。

――はじめはもちろん、わしはただの古本屋や、そんなこと知らんていうとく。そやけど何べんも来るのがおる。知らん顔して、河上肇の本なんかまぜといたら喜んで買うていきよる。工場のことやら、本読んだ感想やらしゃべっていって、だんだん親しゅうなる。周市つぁんは、これはと思う人にはビラ付きの本渡しとったんや。

――ビラつき？

わたしはまだそんな本もろてへんかった。『母』にもビラは貼ってなかった。

――何故にわれわれの生活は苦しくなる一方なのか。大軍事予算は何のために組まれたのか。帝国主義戦争に反対せよ。そういうことを書いたビラつくって、本の最後の頁に貼っとくのや。はさんどくだけやったら落ちるやろ。危いしやめとけいうたけど、周市つぁんは続けとった。何のために古本屋やってるのや。古本屋でできることは、やらなあかんいうて。

周市つぁんは円山公園の公衆便所やら、映画館の便所に「侵略戦争反対」「ソ同盟を守れ」というスローガンをクレヨンで書いてきたり、郵便ポストに「満州国とは、日本帝国主義の強盗が居直ったものだ。血と汗の税金を軍事費にとられるのは反対だ」という葉書大の紙に書いたものを入れたりして、一人で活動したはったんやて。周市つぁんはいっつもあとで善さんにそんな話をするだけで、一緒にやろとは言わへんだんやて。たった一人でやってた古本屋の活動も、スパイにねらわれてつかまってしもたんやった。留置場でえらい殴られて、片っ方の耳の鼓膜が破られたんやて。

留置場から出されたらすぐ召集令状が来て、周市つぁんは満州へ送られたて、善さんの話やった。わたしが捜してもおらんかったはずや。

それから周市つぁんがどうなったんか、長いことわからへんかった。善さんとわたしの話にも、周市つぁんが顔を出さへんようになって何十年もたってしもた。突然姿を現わしたんは五年前やった。

電話が鳴って、いつものように美代子が、職場からわたしのようすを確かめる電話やろ思てハイハイいうたら、知らん男の声やった。

――そちらは花田善吉さんのお宅でしょうかいうさかい、そうですいうたら、

――善吉さんは元気にしてますか。こちら山田周市と申します。

そういわれても、わたしは忘れてしもてた。わたしは三べん会うただけで、それもゆっくり顔を見合うて話したわけやない。四十年以上昔のことや。それからどんだけのことがあったか。善

さんは兵隊にもとられたし、復員して来てからでも職かて何べん変ったかわからへん。レッドパージにも遭うた。会社がつぶれたこともあった。病気になって長い入院生活もした。わたしかて、かつぎやもやったし、行商もした。動力ミシン入れて縫製の仕事で徹夜ばっかりいう時期もあった。

晩にもういっぺん電話するいうて切れてから、わたしは忘れんように山田周市いう名前をくりかえしてた。口の中で名前をとなえてるうちに、身体中の血がザワザワと波立ってきた。あの人やないかいな。周市つぁんやないかいな。不意に時間が止まって、夜店の青いランプがつらなった。古本の山と、りんご箱を横倒しにした上に腰かけた若い男が現われた。顔はようわからへん。雑踏の中で、そこだけ静かやったゴザの古本屋。『貧乏物語』や。ゴルキーの『母』や。今も本棚にちゃんとその本はある。生きとったんやなあ。周市つぁんは今までどこにおったんや。けど、ちゃんと生きとったんや。善さんを捜して、電話してきてくれた。住所も電話番号も聞くの忘れたけど、まあええわ。必ず晩にまた電話してきてくれる。わたしは善さんが帰ってくるのを待ちきれずに、職場の診療所へ電話した。こうこうやさかい、今夜は早う戻ってや。

——今度の日曜に周市つぁんが来るで。

その晩、切り替えた階下の電話で話した後、善さんは階段を踏みならしてわたしの部屋へあがってきた。

——周市つぁんは京都に戻って来たんやて。今年の夏。

――ほんなら、あんたが行ったらええやんか。

わたしは自分の言うことを、もういっぺん自分の耳で聞いてた。口に出してしもてから、自分の言うたことを追いかけとるのや。

――なに言うてんねん。周市つぁんやで。

――嫌や。誰とも会いたない。

善さんは呆れた、いうようにわたしを見下ろしてた。

――なんでや。

――同情されるの嫌。

それぐらいのこと、わかるやろ。わたしは胸の中だけで続けてた。

――いまさら、なに言うてんねん。

善さんにとっては、ほんまにいまさらやった。わたしは五十の歳からずっと寝て暮らしてるのやさかい。その時でも、もう十五年も寝てるのやった。

周市つぁんのことを思い出したとたんに、わたしはわたしの二十代を知ってくれてる人がこの世にいると思たんやった。ほっそりと、しなやかな身体で長い髪を一本の三つ編みにしてた二十一歳のわたし。周市つぁんがわたしのこと憶えてくれてたら、彼の中に記憶されてるのはそんなわたしのはずやった。そのままのわたしでおいときたい。周市つぁんかて、わたしの中では古本屋の兄さんや。一人でビラ作って、昭和九年という時代に反戦の訴えをしてつかまった人や。禿山の一本杉みたいにまっすぐ立ってた人。そやけど今はどうなってるかわからへん。薄汚ない爺さんになってるかもしれへんし、俗物の金持ちになってるかもしれん。昔の友だちが懐かしいいうだけで簡単に会うて、それが当り前なんやろか。幻滅したらあとで悪口言うて、会わなんだらよかったと思う。それでしまいや。善さんでも他の人でも、毎日が忙しいさかい、ほんの片隅に押しこめて忘れてしまう。わたしは毎日寝てるのやさかい、何日も思いを引きずってんならん。

——もう来い言うてしもた。道順も教えた。ばあさんが寝てるし、何のおかまいも出来んけど言うといた。

いつもやったら、わたしはほな、しゃあないていうとこやけど、黙ってた。善さんも黙って階段を下りていった。

周市つぁんがくる。会うの嫌いうのもほんまやけど、会いたいのもほんまの気持ちや。こっちからは見えるけど、向うには見えへん透明人間になれたらええのやけど。頭から顔から繃帯巻いて寝てたらどうやろ。それとも襖ごしに話だけ聞けるように、隣の部屋でしゃべってもらおか。あれこれ考えたけど、結局わたしは周市つぁんに会うてしもた。善さんと階下で二時間ぐらい話してから、周市つぁんは一人で階段をあがってきた。襖をノックされて、わたしはどうぞと言うてしもた。

背の高い、痩せたごま塩頭の男やった。

——おひさしぶりです。

周市つぁんは立ったままで頭をさげた。わたしはベッドに寝てるさかい頷くしかない。

——ほんまに長い御無沙汰でした。

わたしも同じこと言うてる。

——四十五年ぶりです。

周市つぁんは照れくさそうに笑う。

——憶えててくれはった。

善さんから話は聞いてるはずやったけど、わたしは聞いてみた。

——もちろん憶えてます。今度は何の本渡そうか、ずっと考えとったから。けど、びっくりした。

——えらいお婆さんになったやろ。

——いや、善さんの奥さんが、あの少女やったて……。

周市つぁんは白髪のばあさんを前にして、照れくさいこと言うてくれる。外へ出んようになって「奥さん」とも呼ばれたことない。周市つぁんは窓をあけて、裏の二階ごしに見える東山のことを言い、また訪ねて来てもええかと聞いて帰っていった。わたしの股関節変型症のことも、もう十五年寝てることも言わへんかった。

それから時々、周市つぁんはわたしの部屋へ訪ねてきてくれるようになった。家から一歩も出たことないわたしのために、道端に咲いてた野菊をつんで来てくれることもあったし、円山公園の桜を写した写真を見せてくれたこともあった。小さい箱に入った飴玉をもって来てくれて、幼稚園か小学校の同級生みたいにたわいもない話をして帰っていくのやった。

何べんも死ぬような目に遭うたけど、生き残った。兵隊にとられてから戦争がすむ迄のことは、そういうただけでくわしい話はしてくれへんかった。わたしも無理には聞かへん。おたがい生きて、花や鳥の話をしてるだけでよかったんや。

――生き残ってみると、死ぬのが怖い。今となったら死ぬのが怖うてたまらん。

いっぺんそんなこと言うたことがあった。わたしはいつ死んでもええ言うたら、周市つぁんはわたしを睨んでからあさってての方向いて、

――ほんまに死ぬような目に遭うたことがない人は気やすうそんなこと言う。

痩せた周市つぁんが頰をひきつらして言うてた。わたしかて股関節が痛み出してからの長い長い時間、何にも考えんと寝てたんと違う。けど、わたしは善さんにも娘にも大事にされて寝てるのや。何にも言われへんかった。

雀や。雀が二羽とんできた。狭いベランダのまわりをとんで、菓子箱の中へ入っていった。周市つぁんが来てくれた。わたしのとこへお別れに来たんやな。鏡の中で小さい頭ふりもってクッキーのかけら食べてる。永い旅や。しっかり食べていってや。また二羽雀がきた。ベランダの手すりに止まって先客を見下ろしてる。それからゆっくり降りて、菓子箱に入っていった。賑やか

に食べてんか。もっと寒うなったらひよどりも来る、めじろも来る。今はまだ山に御馳走があるんやろ。

今朝、善さんが出かける時に頼んどいた。診療所から直接周市つぁんのお葬式に行くいうさかい、よう頼んどいた。

——お棺を焼き場の釜に入れる時、周市つぁんに言うたげて。怖ないで、何にも怖ないでて、大きい声で聞えるようにいうたげて。

善さんは真面目な顔で、よっしゃ、わかった言うてくれた。

雀はせっせと食べてるわ。生きて動いてるもん見るのはええな。昨日もおとついも、箱に何にも入れへんかった。それどころやなかった。周市つぁんが亡うなった知らせを聞いてから、わたしは暗い深い穴に沈んでいくみたいやった。どこまでいってもキリがのうて、何にもひっかかるもんもつかまえるもんもない。電話で知らしてくれた娘さんの声でも、わたしの声でもない、誰とも知れん声が「周市つぁんが死んだ」とくりかえしてる。洞穴の中で谺しあうような、身体をバラバラにしてしまう重たい声やった。わたしはその声にあらがう気力も、その気もなしにただどこか知らんとこへ落ち続けてるのやった。日暮れまではまだ時間があるのに、何にも見えへん。何にも感じひん。ただとめどのう身体が沈んでいく。指一本動かせへん。善さんに知らそうとも思わへんかった。

——電気もつけんと何してんのやな。

善さんが二階へ上って来て、蛍光灯のヒモを引っぱった時、はじめてもう夜になってるのがわかった。身体を包みこむように聞えてきた言葉を告げたとたん、涙が出て来た。それまで涙腺も死んだみたいに止まってたんや。一旦出ると、もう止まらへん。

そうか、周市つぁんが逝ってしもたんか。ほんで明日が葬式か。

――明日は友引やさかい、あさっての一時から二時までやて。

そんだけのこと言うのに、何べんもしゃくりあげな言われへん。わたしはやっぱりいつ死んでもええと思てんのに、早いほどええと思てんのに。周市つぁんはさっさといってしもた。

――孫がな、おじいちゃんトマホークなんか来たらあかんなあ、いうさかい、そや、そんなもん来たらあかんいうたらな、おじいちゃんトマホークてなに、やて。

今年の五月に来たとき、周市つぁんは嬉しそうにそういうて笑てた。小学校一年の孫が可愛いてたまらんいう顔やった。娘さん夫婦との暮らし、家の雰囲気がわかる話やった。

雀がとび立った。一緒に菓子箱に入ってたあとの三羽も羽ばたきしてベランダを一周してから一列になって南の方へとんでいってしもた。周市つぁんの葬列やな。さいなら。また会えるやろか。また不意にわたしの前に現われてびっくりさしてくれるわな。わたしも、どこにでもいる雀や。くっきりと、いさぎよい青さで晴れてる空が鏡の中にある。何ものうなった鏡の中にとんでいく雀の残像がある。さいなら。周市つぁん、さいなら。

風車

岩ばっかりの山や。黒い山肌は生きてるもんをはね返すみたいに愛想がない。山襞には雪が凍ってて、刃物つき刺したみたいに光ってる。なんでわたしはこんなとこにいるのやろ。下の方で鴉が啼いてる。いつ聞いても、嫌な声や。分厚いプラスチックみたいに響きの悪い、ニセモン臭い啼き声や。

わたしはもう死んでしもたんやろか。死んだんやったら、善さんが迎えに来てくれるわなあ。それとも、善さんは他人の世話ばっかり焼いて、わたしは後まわしやさかい、こんなとこで待たしてるのやろか。それはないで、善さん。外にも死んだ人がようけいて、わたしが捜し出せへんのやろか。ここには誰もおらへんのに。下の方にいた鴉が、だんだんあがってきよるがな。

わたしのまわりを鴉がとんでる。善さん、何とかして。目玉つつかれてしまうがな。鴉はおどかすように啼き交わして、わたしのまわりをまわりよる。目蓋とシワの中に目玉かくして、石ころみたいに縮こまってたら、不意に鴉の声が止んだ。おそるおそる目あけたら、真っ暗や。目玉盗られてしもたんやろか。あわてて枕元の時計見たら、電気のデジタルが目病んだ時の赤目の色で、二時五十分いう数字が出てる。夢かいな。わたしはまだ生きてるのやな。頬っぺた叩いてみる。ペタと景気の悪い音がして、確かにわたしの頬っぺたや。

けったいな夢見て、目が覚めてしもた。何とも淋しい風景やった。夢の中のわたしは、生きてるわたしやったんやろか、それとも死んでるわたしやったんやろか。死んでるわたしやったら、善さんはなんで迎えにきてくれへんの。花束持ってとはいわへんけど、せめて「ようきた」いうて待っててくれてもえやないの。薄情な人や。それは殺生いうもんや。今度会うたら、トクと聞かしてもらお。

そやけど、善さんが迎えに来てくれへんなんて、信じられへん。そやし、やっぱりあの夢は、生きてるわたしが登場したんやろ。あんな淋しいとこへ今まで行ったことなかったのに。テレビか写真でも見たことがあるのやろか。全然知らんとこでも、夢に見ることあるのかなあ。

鴉いうたら、また善さんの話思い出す。美代子が「おとうちゃん、お話して」いうたら、いっつも善さんは鴉と鶏の話やった。またそれかいな。たまには違う話したりいな。一寸法師でも舌切り雀でも知ってるやろに。わたしはそう思たけど、黙ってた。

――百姓のおっちゃんがな、畑から戻って井戸端で足洗てたんやて。ほしたらな、鴉がクワ、クワと啼いて、おっちゃんの頭の上をな、低うに飛んでいきよった。ああそや、畑にクワ忘れてきた。鴉が教えてくれよった。わしは鴉に何にもしたってへんのになあ。それに引きかえうちのトリは毎日エサやってるのに、カンジンなことは教えてくれへん。役立たずや、ツブして喰てしもたろかいうたらな、トリがトッテコーカーいうたんやて。

それでおしまい。いっつも一字一句違わへん。同じ話や。美代子がなんでそんなアホくさい話を何べんでも聞きたがるのか、わたしにはわからへんかった。話す方も話す方なら、聞く方も聞く方や。もうちょっと教訓的なイソップの話でもしたったらええのに。

そやけど、今思たらあれは「おとうちゃんが家にいはる」ことを、美代子は確かめとったんと違うやろか。あの頃、善さんはめったに家に居たことなかった。それから後、倒れるまでそうやったけど、美代子が三つ四つの頃いうたら、うちの一番ややこしい時やった。善さんが印刷会社をレッドパージされた時、美代子は生まれたんやった。

昔から植字工やった善さんが、割と早うに復員してきたおかげで、京都では大きい印刷会社に勤められたんやった。長い間の戦争で、食べるもんもロクになかったけど、その代り国民が主人公になる世の中になったんやった。天皇の命令で戦争に行かされることもない、会社かて、そこで働く者の要求や意見をどんどんいうていける。善さんは労働組合の中心になって毎日張り切ってた。晩遅う帰ってきたら、明日工場に貼る壁新聞を、ふかした芋食べもって書いとったなあ。そやけど、占領軍の政策が変わって、善さんもほかの組合幹部も首切られてしもた。それからもっと小さい印刷工場に入って、そこでも労働組合つくって、また首切られて、その首なんぼあったら足りるのやろと、わたしかて心配になってきた頃や。美代子はたまに善さんつかまえたら、「おとうちゃん、お話しして」いうて放さへん。善さんはあぐらの中に美代子を入れると、「百姓のおっちゃんがな……」と始めるのやった。

善さんはその話を、自分の父親にしてもろたていうてたなあ。話をしてる善さんはおだやかで、自分の父親の声を聞きもって話してるみたいやった。わたしは内職のボタン付けに忙しいて、美代子をかもてやらへんし、美代子は一人で遊んどったけど、あぐらの中はぬくうて一番安心出来る場所やったんやろ。

わたしは、百姓のおっちゃんがなんでクワ忘れて帰るのやな、兵隊がテッポー忘れるいうのと同じやんか。例えが悪かったら、ビラ撒きに行く人がビラ忘れていくのんと同じや。これもあんまりええ例えやないなあ。そんな理屈でアホくさと思てたけど、考えてみたらこの話に出てくる百姓のおっちゃんも、鴉も鶏も、みんなのどかな夕方や。天も地も、生きてるもんはみんなええ、ていう世界や。それに、美代子は善さんが外から身につけて帰る厳しい空気を、あの話が溶かしてしまうことを知っとったんかもしれん。「美代子のおとうちゃん」に変身させる忍者の巻物みたいに、あの話を使うとったんかもしれん。賢い子や。わたしが三十年以上もたって気がついたことやのに。あの話は善さんの子守歌やった。そやし、善さんが永の眠りについた晩、美代子は善さんにあの話してあげたんや。憶えてるか、善さん。もう八ヶ月になるなあ。
けど、わたしの見た夢は、善さんの話みたいに牧歌的やない。淋しさの極点、恐ろしいほど淋しい風景やった。あの岩山に吹いてるのんと同じ風が、わたしの胸の中にも吹いてるしやろか。

善さんが突然倒れて近くの病院にかつぎ込まれた時も、わたしの胸には風が吹きつのってた。何の世話もしたげられへん。善さんは脳血栓で左半身不随になって、自分に起きたことが納得できんまま、毎日毎日わたしを待っとった。善さんが遠い遠いとこへ行ってしもた気がした。病状が固定して、丹波の特別養護老人ホームへ行った時は、わたしの内臓一つ一つが別々に痛かった。肺、心臓、胃、肝臓、どれも見えへん手で握られて、締めつけられてるみたいやった。もう喉が千切れるほど大きな声出しても聞こえへん。バスに乗って三時間以上もかかるとこや。美代子の日曜ごとの丹波通いがはじまる。

善さんがホームに入って三ヶ月ぐらいしてからやった。美代子が帰ってきて二階へあがってくる、その足音が今迄とちごた。しばらく階下で疲れた自分を投げ出して、それから気をとり直して、元気そうな顔つくってわたしの部屋に入ってきてたのに、玄関の戸を閉めるなり、二階へあがってくる。

――ただいま。おみやげがあるねん。

美代子はわたしのそばへきて、ベッドの脇に座りこんで、わたしを見てる。

――今日はおとうちゃんが笑ろたんか。

美代子はバッグをあけると、折り畳んだ紙をとり出した。

――ハイ、これがおみやげ。

これは前にも見たことがある。ホームの自治会で出している機関紙や。「ひかり」いう名前がついたある。

――ホラ、ここ。

美代子の指さすとこを見たら、入所者の自己紹介の欄で、善さんが書いているのやった。趣味、登山。そうや、ほんまに善さんは山が好きやった。けど、登山やったと過去形で書いてない。今の趣味が登山なんや。善さんのチロリアンハットは煉瓦色で、緑のリボンが付いたある。希望、もっとよくなって、自治会の仕事（機関紙の編集）（会員の世話役）をやりたい。

わたしは笑てしもた。善さんや。善さん健在や。うれしいて笑ろてるのに、涙が出てきよる。ようなって、家に帰りたいといわへんところ。世話役をやりたいやて、ほんまに善さんや。

――おおきに、ええおみやげや。

わたしは氏名も入れて五行半の短い善さんの自己紹介を、くり返して読んだ。機関紙の編集やて。ほんまに善さんは、いろんな機関紙つくったなあ。小さい印刷工場でつくった「インク」いう新聞も、善さんがガリ切りして刷ったもんやったし、「ローラー」いう名前だけ赤いインクで刷った新聞つくってた時もあった。どっこも働く口がない時は、家でガリ切りの下請けしてた時期もあった。いっつも貧乏やったけど、結構楽しかったなあ。

電気の集金人が隣に来てるのんが聞えてきたら、こっそり玄関に鍵かけて、奥の間で親子三人息ひそめてたこともあった。「かくれんぼ?」美代子も心得たもんやった。今みたいに洗濯機も冷蔵庫もあらへん、電灯代だけやのに、それがなかったんや。集金人さんが三軒ほど向うにいってしまうまで、三人が三人とも人差し指を唇にあてて、顔見合わせとった。緊張が解けたらなんやしらん笑えてきた。集金人さんには二度手間かけて気の毒やったけど。

そんな暮しが何年続いたやろか。善さんは結核で宇多野の療養所に入ってしもた。美代子が小学校の四年生の時やった。もうボタン付けの内職では食べていけへん。わたしはスカートのボタン付けやってたんやけど、動力ミシンを月賦で買うて、スカートの縫製やることにした。ナイロンプリーツのスカートが流行ってる時やった。昼も夜もあらへん。家が工場になったんやった。

動力ミシンの音がやかましいさかい、十一時にはミシンを止めんならん。流しに浸けといた晩御飯の後片付けしてしまいかけの風呂屋に走っていく。どの家ももう寝てしもて灯の消えた通りを帰ってくると、それからボタン付けせんならん。

冬は寒うて辛かった。足元が冷えて靴下二枚はいてても感覚がのうなっていく。石油ストーブもなかったし、練炭火鉢にやかんかけたり、お豆さん炊いたりしもっての暖房や。しまい風呂で温まらへんかったら、どうにもならへん。それでもわたしは風邪ひとつひかんと動力ミシンの月賦も払て、仕事しとった。ナイロンプリーツからウーリーナイロンに、それからウールに素材が変わっても、わたしのスカート縫いの毎日は変わらへんかった。

善さんは療養所でも患者自治会の機関紙「うたの」の編集メンバーに入って、やっぱり新聞つくってた。よくよく新聞つくるのん好きなんやろ。善さんは三年と八ヶ月宇多野にいて、戻ってきた。しばらく家で養生してから、近くの診療所の事務やることになった。この地に住む人たちが一口百円の出資金を出しおうて、貧乏人でも安心して医療を受けられるようにしようとつくった診療所やった。一口しか出せへん人も、百口出せる人も、みんな平等の医療が受けられる。お医者はんも看護婦さんも、事務員も心一つに地域医療に打ちこめる職場やった。善さんにぴったりの、四十六歳病みあがりの新しいスタートやった。もちろん、善さんは早速「H診療所だより」いう新聞つくって、往診にいくお医者はんの鞄に入れとくのを忘れへんかった。病気予防の知識やら、生活相談、医療保護をとる手続き、患者さんの俳句、いろんなことがのってるガリ版刷りの新聞やった。

　善さんが勤めるようになっても、わたしは仕事を続けてた。善さんの給料は安かったし、美代子の学費もいるようになる。いつのまにか、わたしは善さんをあてにせえへんことに馴れてしもた。善さんは自分の生きたいように生きたらええ。わたしが一家を背負ていくがな。善さんがだんだん元気になって、近くの東山やら北山へ日曜日は出かけるようになっても、わたしは善さんがおらへんかったら能率があがると仕事してた。善さんは北山のどこに見事な籔椿があって、どこに湧水があるかはよう知ってても、自分の家の押し入れに何が入ってるかは知らへん人や。わたしはそれでええと思てた。「けなげな女房」やってたわけやない。ただ、あてにせえへんかっただけや。四十の歳からちょうど十年、スカート縫い続けて、わたしを待ちかまえてたんは股関節変型症いう厄介な、ようなる見込のない病気やった。今やったら手術して、セラミックの骨を入れたら歩けるようになるらしいけど、今から二十四年前にはそんなもんあらへん。今になったら、あの時の深い深い絶望の崖をすべり落ちていくわたしを、映画かテレビの映像で見たような気がしてる。

　何を摑んで、わたしは止まったんやろか。後で何十回も思い出しては考えた。痛みやったんや。昼も夜も、股関節から太股、膝、みんな百本ずつの針で刺されてるみたいやった。今まで経験したことのない痛み、こんな痛さがあるなんて信じられへんかった。それでもそれが四六時中、わたしに襲いかかってくる。わたしはそいつと闘わんならん。湯たんぽやら電気アンカやら、二つも三つも入れてもろてるのに、芯が凍ってるみたいやった。まだ蒸し暑い日もある二十四年前の十月はじめやった。せめて、痛みだけでもどっかいってほしい、夜だけでも痛みが止って眠りたい。そやけどわたしは痛み止めの薬は飲まへんかった。大学の付属病院で病名を告げられて、金属の人工骨を二年おきに取り換える手術を薦められたけど、わたしはことわった。二年おきに手術、そのたんびに入院するお金もなかった。付き添いさんも要る。美代子はまだ高校生やった。大学に行くお金は残しといてやりたい。病状が固定したら、痛みはのうなると手術を薦めた先生もいわはった。それまでの我慢くらべや。この痛みが、わたしの全部やった。もう走りまわることはもちろん、満足に歩くことも出来ひん。仕事はもちろん、家の中の用事も出来ひん。それを思たら絶望の淵へどこまでも落ちていくしかない。けどそんなこと思うより、痛いのをがまんするのが先やった。病院で痛み止めの薬はぎょうさんくれはったけど、わたしは薬飲んだら病気に負けてしまう気がした。わたしは痛みにつかまって、落ち続けるのを止めたんやと思う。昔々学校で習た、悪い菌を身体の中の良い菌がやっつける、その時熱も出るし痛みもあるのやと。必死に戦争してるのや。わたしは良い菌が勝ってくれるのを祈ってるだけやった。

痛みが遠のいたとき、わたしの髪はあらかた白うなってた。髪の色が抜けたら、わたしの中でも何かが抜けた気がした。あの痛みに自力で勝ったんや。これからも生きていけると思た。悪い菌が勝ったときは、死ぬだけや。これから何が出来るわけでもないし、死ぬのは自分で納得できる。

神さんも仏さんも信心してへんけど、痛い最中は思わず「おかあちゃん、何とかしてえな」と呟いてた。もう二十年も前に死んでしもた母を、髪の白うなったわたしが子どもみたいに呼んでるのやった。母が生きてても何も出来ひん、それはわかってるのに。母は死んでてよかったんや。そばにいてもオロオロして嘆くだけやろし、わたしはそれを見るのが辛かったやろ。みんなわかってるのに、痛うて眠れへん夜半には「おかあちゃん、おかあちゃんて」とくりかえしてるのやった。

痛みは遠ざかってくれても、わたしは正座することはもちろん、腰かけることも出来ひん。セリにかけられるマグロみたいにころがってるだけや。年中腰から下は水に浸かってみたいに冷たい。わたしは半分魚になった。真夏でも上半身には汗かいて、下は毛布で巻いても毛布の中の足は冷たいのや。風邪ひいても本読んで目が疲れても、みんな股関節にくる。わたしの骨から棘が出て肉を刺しよる。

その間に善さんは診療所を六十五で辞めて、この地域の「生活と健康を守る会」の事務局に勤め出した。わたしは寝てるばっかりで、善さんと美代子の上にだけ歳月がすぎていくのやった。身寄りのない一人暮らしのお年寄りや、老夫婦の多い会員さんのとこを、自分も年寄りの善さんが毎日訪ねて相談にのってた。会報ももちろん、善さんは大きな字のガリ版でつくってた。

左半身動かへんようになっても、善さんはやっぱり新聞つくりたいのやろ。善さんのつくった「ひかり」を見たい。この新聞はワープロやで。みんなどこぞ悪うて特別養護老人ホームに入ったはる人が、ワープロ習うてつくってはるのや。善さんもワープロの稽古せんならん。

そやけど、わたしは善さんのつくった「ひかり」を一ぺんも見られへんかった。善さんが八ヶ月前に、あっちの世界へいってしもて、わたしがとり残されたしや。一月の終わりにホームから電話が入って、善さんが入院したいう知らせがあったとき、わたしの胸の中で黒い塊が破裂した。心臓の発作起こしたいうだけで、くわしいことはわからへん。すぐ役所へ電話入れて、美代子に帰ってもろた。しばらく付いてんならんかも知れん。美代子は着替えと洗面用具を鞄に入れて、

――おかあちゃん、大丈夫やな。しっかりしてや。

それから冷凍室にカレーが入ってる、鮭の切身と鰈の干物が入ってる、冷蔵庫には何の野菜が入ってると、小学生が先生の前で復唱するみたいにいうと、家とび出していった。わたしは「生活と健康を守る会」にも電話して、善さんの入院した丹波の病院の名前を告げた。事務所に岡田さんがいてくれた。

――今一時半すぎたとこやから、四時すぎには病院に着く。すぐ電話入れます。

岡田さんはそういうてくれた。

――おおきに。お願いします。

わたしは電話を切ってから思い出した。岡田さんは三人目の女の子を保育所に預けてて、お迎えは岡田さんの役目なんや。奥さんは別の保育所の保母さんしてはる。奥さんが遅番やったらど

うしよう。えらい迷惑かけてしもた。けど、わたしにはどうすることも出来ひんのやった。善さん、善さん、がんばってや。戦争に行かされても生きて帰ってきた。結核で療養所に入ったけど、元気になった。六十五歳で診療所辞めたとき、記念にヒマラヤへも行った。てっぺんまでは登らへんかったけど、一人で麓を歩いてきた。あのときの元気出して、善さん。

わたしは不意に、心臓が身体の左にあることを思い出した。麻痺してる方や。わたしの胸の黒い雲が、いっそう黒う重とうなった。そんなん関係あるやろか。今までどうもなかったんやもん、関係ないのにきまってる。善さんにわたしのいのちを注射したい。注射器が空とんで、善さんのお尻にプチュッと刺さる、わたしのいのちがトクトク流れ込む。そんなことが出来ひんもんか。

わたしにおいてけぼり喰わさんといてや、善さん。

同じことを何十ぺんくりかえしたやろか。神さんにも仏さんにもお願いした。善さんをまだこっちの世界においといて。八坂神社にも泉涌寺さんにもお賽銭あげたことないけど、善さんにはまだしたいことが残ってますのや、どうぞもう一ぺん元気にしてください、いうて祈ってた。善さんはその名前の通りに、ほんまにええ人です。そら不足に思たこともある。よそに病人が出て入院となったら、自分が入院するみたいな騒ぎやった。ナニ持って行かなあかん、ナニが足らんいうて。うちにも病人がいるの忘れんといてやて思たこと何べんでもある。美代子が風邪ひいて寝込んでも休んでくれへん。晩の会議もしっかり出て、早う帰ってくれへん。わたしが台所に下りて、雪平でおかいさん炊いて二階へ持ってあがる途中でひっくり返してしもたことがあった。

一段ずつ雪平置いて、両手でつかまったらよかったのに、わたしは一日何にも食べんと寝てる美代子に気がせいて、善さんに腹立てて、片手で雪平持ったまま階段あがったんやった。手摺にしっかりつかまって、火からおろしてもまだグツグツ煮えてる雪平の把手を布巾で巻いて握ってた。どこがどうなったんかようわからへんけど、たぶんわたしが毎日手の脂で磨いてる手摺がすべったんやろ。わたしが悲鳴あげるのと、湯気がたちこめるのとが一緒やった。美代子がとんできて、階段の上から「おかあちゃーん！」と叫んどった。雪平の把手はしっかり握ったままやけど、蓋が階段をころがり落ちて、おかいさんは半分ほど下に向って流れとった。足にやけどせえへんかったんが不思議やった。あのときは情なかった。

善さんが戻ってきて階段の後仕末はしてくれたけど、「いらんことするさかいや」とぼやきもって拭いとったんが聞えてきて、わたしはもっと情なかった。善さんは美代子が寝てること事務局の岡田さんにも言うてへんかったそうや。自分とこのことは言わへん。自分のことは、もっと言わへん。そやし、急に倒れてしもたんや。腹の立つこともあったけど、善さん、死んだらあかん。

岡田さんから、ちょっとも電話がかかって来いひん。どうしたんやろ。もう四時半すぎてるのに……。おんぼろの自動車乗ったはるいうことやけど、どこぞで動かんようになってしもたんやろか。美代子かて、電話かけられへんのかいな、ひとが心配してるのに。老の坂越えていく道は、朝夕えらい混むそうなけど、岡田さんは昼過ぎに出たんやし……。

わたしは夕闇がしのび込んで来んうちに、蛍光灯のヒモを引っぱった。明るいとこで待つ方がええ。電気毛布の目盛を一つまわして、もっとぬくうすることにした。元気やった善さんのこと思い出すのも、その方が都合がええ。そやけど、わたしは今何を思い出したらええのやろ。わたしは部屋の中のあれこれに聞いてみとうて、順番に眺めていく。箪笥の上に友だちの描いてくれた風景の水彩画がかけてある。これはもう死んだ人やし、今はあかん。美代子が誕生日に買うてくれた博多人形、その後ろに花瓶に差した風車がのぞいてる。埃かぶってるけど、赤い風車や。

北野の天神さんの日やさかい、いつのんや忘れたけど、二十五日や。春先やった。善さんが老人医療改悪反対の署名集めに行ったんやった。もう何年も前になる。天神さんにお参りにきはる人に署名してもらうために、「生活と健康を守る会」の人らといったんやった。ほんでおみやげに、善さんがあの風車買うてきてくれたんやった。他の人に見られたら恥かしいさかい、袋かぶせて持ってたんやて。

——善さん、奥さんへのみやげかいな。何買うたんや。誰かに聞かれるたんびに、善さんは子どもみたいに後ろに隠したんやて。そやけど、帰りのバスで居眠りして、善さん落してしもたんや。近所の好子さんが拾ろて、袋とってみたら風車やったし、またそっと袋かぶせといてくれはった。赤い風起こしもって走る孫もおらへんのにこんなもん買うて、けったいな善さんやと思わはったやろ。一輪差しに風車入れて、窓辺に置いといてくれたなあ。風車はかすかな音立てて、まわったりまわらなんだりしてた。

春になったら風車きれいに洗ろうて、窓辺に置こうな。善さんと一緒に見られたら、どんだけうれしいやろ。そやけど、わたしはそうはならへんと諦めてるのやった。ここへはもう戻ってこられへんやろ。けどホームには戻ってほしい。ホームの新聞つくってほしい。

八時半頃ブザーが鳴った。

――はい。

――岡田です。

どうぞ、というより早う玄関の戸が開いて、また閉じる音がする。階段を上ってくる足音がして、襖の向うで止まる。中々襖が開かへん。

――岡田さん。どないしたん。

わたしは右腕で支えて半身を起こした。

襖が開いて、岡田さんが姿を見せた。わたしのベッドのそばへきて、わたしの自由になる左手をとったまま、何にもいわへん。

――おふくろさん。

岡田さんはそれだけいうのがやっとで、あとは滂沱の涙やった。わたしはそれで、充分すぎるほどわかった。そうか。おおきに。若い人でもこんなに泣いてくれはる。この涙が善さんの勲章や。

善さんは冷とう固まって、十時半頃に帰ってきた。岡田さんが知らしてくれたさかい、善さんの友だちやら診療所の人、「生活と健康を守る会」の人らが大勢待ってて、迎えてくれはった。

——善さん、おかえり。

みんなそういうて、涙を流してくれはった。美代子にも迷惑かけんように、入院したその日のうちにあっちへ行ってしもて、善さんは最後まで律儀な人やった。真面目な顔して、しゃちこばって。もう家に帰ったんやさかい、もっと楽にしたらええのやで。病院で髭も剃ってくれはったんやて。善さんきれいな顔してる。

階下の奥の間に布団敷いて、北枕に善さんが寝てる。岡田さんを最後に十二時すぎにみんな帰らはってから、美代子に奥の間にわたしらの布団敷いてもろた。善さんを真ん中に川の字になって寝る。明日は朝から葬式屋はんも来はるし、親戚の人らも来てくれる。今夜だけ三人で水入らずや。三人で川の字で寝るやって、何十年ぶりのことやろか。昔は美代子が真ん中やったけど。

——今夜はおとうちゃんと一緒に寝たげるしな。安心しよしや。

美代子はひとしきり泣いた後の、さっぱりした顔してる。

六畳間に三組の布団をくっつけ合って敷くと、一瞬ほんまに時間が逆行した気がした。美代子が「おとうちゃん、お話してえな」とせがんでた時代。わたしがボタン付けの内職に精出して、善さんの髪も硬うて真黒やったとき。

そやけど、善さんの枕元には誰が持ってきてくれはったんか、線香が立ててある。善さんの顔には白布がかけてある。線香の匂いがこもって、うちの家にはなかった密度の空気になってる。

美代子は蛍光灯のヒモを引っぱって、一灯だけにした。

――まだこれでええやろ。

美代子はまだ眠る気はないらしい。

――おとうちゃんは、もう楽にならはったんや。

何べんも心の中でいうてたことが、声に出てた。

――おとうちゃん、かわいそうやった。淋しかったやろ。

美代子の声は静かで、善さんを通ってわたしを包む。

――年とっていくのは誰かて淋しいもんや。もう自分の時代やない、出る幕がないいうのはなあ。自分でもそれはようわかってるさかい、諦めてじっとしてる……。

――おとうちゃん、家にいたかったんやろな。

――「ひかり」の自己紹介に書いたはったやろ。おとうちゃんは、自分のことより人のこと考える人や。それがおとうちゃんの幸せやったんや。

――ほんまか、おとうちゃん。

美代子も善さんの方に向こうて問うている。

――そや。

わたしは肘で半身を起こした。

——どうしたん。

美代子も素早く半身を起こす。

——葬式屋はんが来はったら、お棺の中に入れてしまわはるやろ。中に入れたげるもん揃えとかなあかんわ。

——朝になってからでもええて。何入れよう思てたん。

——鉄筆。向うでも新聞つくるのにいるやろ。善さんはワープロ習てへんし。

——もう……。もう古いことというて。もう二十何年も昔から、鉄筆なんていらんようになってるねんで。ボールペンで書くだけでええの。

善さんが使うてた鉄筆が、机の引出しに入ってたはずなんやけど、ただのボールペンでええのんか。善さんは向こうでも、やっぱり新聞つくりたいやろう。向こうの新聞は誰も見たことないけど、善さんのつくるのんは、小さいガリ版刷りのやろ。善さんにはやっぱりそれがよう似合うてる。

——山行きのチロリアンハットと釣りの道具、蕎麦饅頭にフリージアの花。

美代子は指を折って数えてる。

——みんな、今あるもんばっかりや。もうちょっと世話焼かしてもええのに。

美代子は起きあがって、新しい線香に火つけた。今度のは火もちのする、蚊取線香みたいな渦巻になってる。善さんの枕もとに置いて、美代子は手あわせてる。キリストさんにも仏さんにも御縁のなかった人やのに、明日はお寺さんがきてお経あげてくれはる。善さんはどんな顔して聞いてるのやろか。

——なあ、あんた憶えてるか。

わたしは不意に思いついて、美代子に声かけた。布団にもぐりながら、美代子はわたしを見てる。

——あんたが小さい時、おとうちゃんに話してもろたやろ。鴉と鶏の出てくる話。

——そら憶えてる。おとうちゃんの話いうたらあればっかりやった。小学校の三年ぐらいまで聞いてたんと違うやろか。

——あの話、おとうちゃんにしたげて。あんたがしてもろた話、今度は善さんにしてあげて。

——そうやな。うちらお経知らんしな。おとうちゃんにはお経よりもええかも知れん。

美代子はガウンを羽織って、布団の上に正坐した。

——おとうちゃん、よう聞いててや。

美代子は善さんの顔の白布をとった。

百姓のおっちゃんがな、畑から戻って井戸端で足洗てたんやて。ほしたらな……。

美代子の語りは、善さんと同じリズム、同じ抑揚や。一字一句違えんと憶えてた。善さんのつるんと黄色い顔を美代子の涙が濡らして、「おとうちゃんの話」は終わった。

わたしと美代子と、二人だけのお通夜やった。

だんだん目が馴れてきたら、枕元においた善さんの写真がぼんやり見えてくる。ヒマラヤ行ったときの写真や。わたしの夢に出てきたんは、ヒマラヤの山やったんやろか。淋しい山やなあ。わたしは死んで、あっちの世界にいるのかと思た。善さんは今でもヒマラヤの麓歩いてるのやろか。やっぱり鴉はいるのやろか。写真と同じ山行きの格好して、あの帽子かぶって、ポクポク歩いてる善さんの上を、鴉はクワクワと啼いてる……。善さんはのどかな顔で歩いてるのやろ。

鴉は、葬式の日に来てくれはった、ぎょうさんの喪服の人らやったんかもしれん。はじめて見る美代子の喪服姿は淋しかった。晴着着る前に、喪服着てしもた。

——おかあちゃん、お山へ行ってくるで。大丈夫やな。

善さんのお棺が出る前に、美代子は二階へ上ってきてくれた。喪服のせいやろか、気負ってたしやろか、美代子はとび立つ一瞬前の鳥みたいやった。わたしは善さんの葬式でも、座ることも腰かけることも出来ひんし、二階のベッドで耳澄ましてるだけやった。

——たのむわな。わたしは大丈夫や。

美代子は頷いて、細い身体を翻して階段下りていった。

出棺の時、わたしはガラス越しに窓から見送った。善さんにさいならはいわへん。またすぐ戻ってくるのやさかい。寒い日で、前の晩降った雪が向かいの屋根に積もってた。道の端にも、裸になった柿の木にも残ってた。黒い服着たようさんの人が、善さんを見送ってくれたはる。後で葬式屋はんがびっくりしたはった。「年寄りが死んで、こんだけ人の泣く葬式てあらしまへんで」て。

善さんは、ボールペン三本、釣りの道具、チロリアンハット、蕎麦饅頭、それに「生活と健康を守る会」の赤い旗着せてもろて、フリージアの香りに包まれて、お山へ行ったんやった。

善さん、わたしがそっちへ行く時は、ほんまにちゃんと迎えにきてや。わたしの柩には何にもいらへん。善さんの買うてくれた赤い風車だけ入れてもらう。善さん、すぐ見つけてや。赤い風車まわしてるのが、わたしやで。

ガーネットさん

野良猫が今、窓の下を歩いていった。姿を見せたこともないし、鈴の音も聞こえへんさかい、わたしは勝手に野良猫やと思てるけど、ほんまはちがうのかもしれん。けど、ひそやかに風が通りぬけるみたいに歩いていくのは、やっぱりノラやろ。わたしはどこで寝て、どこで食べるもんみつけてるのかわからへん野良猫に、いっとき連帯の気持ちを表したい。シッケイ！　いうて敬礼したいけど、あれは兵隊式やし、腕あげるのは痛いし、いやや。

あんたもきばって生きてるのやなあ、と呟くだけにした。

なんで窓の下を通ったんがわかったいうたら、どくだみの匂いがのぼってくるしや。北側のお陽(ひ)いさんの当たらん犬走りに、どくだみがふえてるらしい。誰ぞ来たら切ってもろて一輪差しに入れるんやけど。もうぼちぼち、白い花がひっそり咲いている頃やろ。丹波焼のとっくりみたいな小さい壺に、どくだみの花はハッとするほどよう似合う。

あの壺は、周市つぁんが弘法さんの市で買うてきてくれたんやった。昔々、弘法さんやら天神さんやら、あっちこっちの夜店の出る日に、露天で古本の店出してた周市つぁんや。何十年かたってから、時々弘法さんに行くようになった、いうてた。そこで時々けったいなもん買うてきてくれた。

五十の歳から一歩も外へ出られんようになったわたしのために、面白いもんみつけたいうて、ママごとの道具や紙の着せ替え人形やら持ってきてくれた。孫に買うたるようなもんを、髪の真っ白なおばあさんにプレゼントしてくれるのや。わたしの子どもの頃使てたようなママごと道具で、今頃までよう残ってたもんやと感心する。もちろんサラのままできれいなもんや。

「あんたが喜んで笑う顔がみたいだけや」

わたしが思わず「いやーあ、珍しいもん」と大きな声出して笑(わろ)たら、周市つぁんも嬉しそうに笑う。昔から黙ってる時と笑顔とは別人かと思うほど、印象のちがう人やった。昔は自分の真白っな歯やったけど、今は全部義歯やそうな。

羽釜にはちゃんと木の蓋がついたある。脚のついたマナ板に、木の握りの包丁、何でも煮込むのに便利やった鉄鍋。みんな本物と一緒で小さいだけや。

「ほら、昔はこんなお釜でごはん炊いてたんやで」

勤めから戻ってきた美代子に見せたら、

「こんなん、ものすご高いねんで」ていうた。

「あ、そうか。そやろなー、今頃珍しいもんなあ」

わたしは値段のことまで頭がまわらへんかった。もう二十七年間も家から出てへんさかい、買物にも行ったことない。美代子がつくってくれるもんを、おおきにいうて食べるだけや。昔はあんなに世帯の苦労したのに、お金のことはすっかり忘れてる。気楽なもんやなあ。

周市つぁんかて、わずかな年金しか収入はないのや。娘さん一家と暮らしてるいうたかて、わたしのためにお金使うてほしない。

「うちに来るときは、もう何も買うてこんといて。忘れんと顔見せてくれるだけで、嬉しいのやさかい」

わたしは周市つぁんに頼んだ。その次に来たとき、もうこれで何も買わへんいうて、丹波焼の小さい壺を持ってきてくれたんやった。やっぱり弘法さんの市でみつけたんやて。

「あんたの好きな野の花が、よう似合う壺やろ」

両方の掌に包み込めるふくらみ、素朴な土を硬う焼いた肌、何の飾りもない壺やさかい、ほんまに野の花がよう似合う。嫁菜、あざみ、野菜。周市つぁんは家の近くで摘んできたいうて、そんな花を壺に入れてくれた。野の匂い、野の風がわたしのとこまで、かいらしい花の姿できてくれる。

どくだみの真っ白な花を、あの壺に活けてくれたんも周市つぁんやった。あの花を活けるなんて思い付かへんかったけど、清らかでつつましい花は、あの壺にぴったりやった。花と壺とが一つのもんになって、わたしはそのときも子どもみたいに歓声をあげたもんや。

周市つぁんが死んで、善さんが倒れて、それから丹波の特別養護老人ホームに入れてもろて、そのまま家に帰れんと死んでしもた。善さんが死んでから、わたしもちょっとおかしかった。

周市つぁんが死んだときも、わたしは打ちのめされて暗い暗い穴の中に落ちていくみたいやった。けど、どっかにほれ、こんな悲しがってるワタシを誰かに見てもらいたいいう気持ちがあった。誰かいうても、家には善さんと美代子しかいてへんのにけったいやけど……。悲しいけど、感傷と甘さがちょっぴりあった。

善さんが死んだときの方が、わたしは自分でもしっかりしてたと思ってる。周市っぁんはもう二度と会いに来てくれへんのやと思て、悲しんでたらよかったけど、今度はカタチの上ではわたしが喪主やさかい、しっかりしてんならん。お悔みに来てくれる人が、みなわたしのことを案じてくれはった。けどお礼いいながら、わたしは案外大丈夫なもんやと思てた。

「お釈迦さんもキリストさんも頼らんと生きてるのやさかい、自分で引きうけなしょうがないわ」

人にも自分にも言うてた。

善さんは診療所辞めてからでも、エエ歳して自分より若い人の世話かてやってた人や。家にいるより、よその家まわる方が長いほどやったさかい、わたしはあんまりこたえへんのかと思た。それに倒れてからは病院やったし、退院したら家に帰らんと丹波の特別養護老人ホームに入れてもろた。今でも善さんは丹波にいるような気がする。

そやのに三ヶ月余りたって、いきなりつっかい棒をはずされたみたいにガクッときた。なんで急にそうなったんか、わたしにもさっぱりわからへん。なんもかんも、どうでもええと思い始めて、体に力が入らへん。ベランダにいつものようにとんできてくれる雀をみても、どうせもうすぐ死ぬことも知らんと餌さがして、なんて思てる。雀だけやない、人間かてそうや。せかせかと役にも立たんことで忙しがって、年とって死んでいくだけやのに。

なんやいつものわたしと違う。それはわかるのやけど、わたしの頭からちょっとも「どうせ死ぬのに」という言葉が出ていかへん。何を見てもよろこんでたのに、緑がきれいに洗われて光ってるのも、手鏡の中に映る空の色にも。それがみんな「どうせ……」のベールで薄汚い。

右肩から腕にかけて痛いのが原因やろか。善さんの通夜、葬式、その後でも四十九日、百ヶ日と親戚やら善さんの友達やらが、次々とお参りにきてくれはった。わたしは寝たままでは気持ちがすまんさかい、人が来てくれるたんびにベッドで半身起こしてた。肘を突っ張って、人から見たらトドが首もたげてるみたいやったやろけど、わたしとしたら直立不動のつもりや。

そしたらとうとう右肩から腕まで疼きだした。これは難儀なことや。第一、お箸が持たれへん。わたしは股関節変型症になってから、正座はもちろん椅子に腰かけることも出来ひんさかい、寝たままで御飯たべてた。美代子がおにぎりとか、おいなりさんとか、手で持って食べられるもんをつくってくれるけど、きゅうりもみやら、おひたしやらは手で食べるわけにもいかへん。半身起こして片っぽの腕で体を支えて、ちゃんとお箸でたべてたんや。

天井むいたままで、左手をのばして手に当たったもんを食べんならんようになった。美代子はおにぎりの中に鮭やら削り節やらようけ入れて、ゴマまぶして海苔で巻いてくれる。おかずが食べられへん代りやいうて。食べへんかったら美代子がおこるさかい、しょうがない。どうせ死ぬだけやのにエサ食べよか。そんな調子や。もったいないことやった。

わたしは痛みには馴れてるつもりや。股関節を病みはじめたときの、百本の針でたえず刺すような痛みに比べたら、肩から腕の痛みは遠慮がちの少年みたいに、かいらしいもんや。ぬくめてじっとしてたら、痛みもおとなしいにしてる。動くときが難儀やけど、善さんが死んでから、仏壇の置いたある階下へわたしのベッドも宿替えした。台所もトイレも近うなって、元気な人やったらどっちも三歩でいける。わたしには大仕事やけど。どうせ死ぬのやけど、トイレにはいかんならん。

半分死んでたみたいなわたしが元にもどったんは、原田さんがきはった後やったやろか。ガーネットさんがきはった後やったやろか。どっちが先やったか憶えてへんけど、相前後してた。どっちもびっくりしたけど、わたしはどっちかいうたら、原田さんの方がびっくりした。

「ごめんください」

「はい。どなたさんどす」

「○○町の原田です」

○○町の原田さんいうたら友達でもないし、何の用やろ。

「ちょっと通りがかったもんやさかい、お線香あげさしてもらおと思て」

「あ、どうぞ、どうぞ入ってあがってきとうくれやす」

インターホンでしゃべった後で、ぞろぞろと玄関の戸が開いた。

「失礼します」

「どうぞ、スリッパありますやろ」

原田さんを見て、わたしは胸をつかれた。えらい変わったはる。

「ごぶさたしてすんません。もっと早うにお参りさしてもらわんならんのやけど……」

「どうぞお線香あげとおくりゃす」

原田さんは黄色い薔薇を十本ほど、持ってきてくれはった。何の、通りがかりなもんかいな。そうでも、なんでと不思議やった。原田さんに会うのは三十年ぶりやろか。もっとたってるやろか。そら変わってるの無理ないわ。

原田さんは長いことブチブチ口の中で何やらいうて、手を合わせたはる。善さんになんぞいいたいことあるのやろ。そやけど、なんで。

原田さんとこには美代子と同い年の息子さんがいはって、育友会で一緒やった。二つ上のお兄ちゃんがいて、二人ともようできはった。原田さんはそれが自慢で、そら自慢しはるのはええけど、その分できん子をバカにするのがいかん。

「どの子にもわかる授業をしたいと心がけてます」

学級懇談会で先生が最初にいわはったら、すかさず原田さんが立たはった。

「とっくにわかってる子は、いつまでも足踏みしてんならんのですか。のびる子をどんどんのばすのも、先生の責任じゃないんですか」

そらそうやけど、当時はびっくりしたわ。おたくのお子さん、ようできはんねんねいうたら、いえいえとんでもない、そんなんやったらええのやけど、いうのが普通やったさかい、みんなびっくりした。原田さんは「うちの子」とはいうたあらへん。けど誰でもそれがついてると思た。

当時、高校全入の運動にいろんなとこが取り組んでたけど、原田さんとこは署名おことわりやった。二人の息子さんは、わざわざ兵庫の受験の名門で有名な高校にいかさはった。ほんで、原田さんの期待通り東大に行って、二人ともエリートにならはった。めでたし、めでたしや。

そやけど近所の友達がきて、二年ほど前にいうてたことあったわ。

「今となったら何が幸せかわからへんえ。安もんの大学行った子は、家にいてくれる。ええ大学いった子は家によりつかへん。原田さんて憶えてるか。あそこは一人はアメリカの大学で研究したはるし、一人はイギリスやて。日本にもいてへん。御主人が七、八年前に亡うなって、奥さんずっと一人で暮らしたはるえ」

彼女の話し方がおもしろうて、わたしはその時笑てしもた。

その原田さんの奥さんが、うちに来て善さんを拝んではる。

「おおきに。こんなんでお茶もよう出さんと」いうたら、「お邪魔やなかったら、またお参りさせてもろてもよろしいか」いわはる。

「どうぞ」

それから毎月、善さんの命日には黄色い薔薇十本持って、お参りにきはる。なんや原田さんとこのカレンダーには、善さんの命日にだけ○印がついてるみたいや。

仏壇の前に座って、ブチブチと長いこと拝んで帰っていかはる。何べんめにきてくれはった時やろか。原田さんがこんなことといわはった。

「もう何年前やったかしらん、おたくの御主人にえらい失礼なことというたことがおすのや。ほんまに今でも恥かしい、何べん謝っても気がすまへん。家へ帰ってえらい怒ったはったでしょう」

「いいえ、ちょっとも聞いてしまへんえ」

そもそも、善さんが原田さんとこへ訪ねてたらしいけど、そんなことも聞いてへん。東山の診療所に勤めてた時分から、「生活と健康を守る会」で、東山の清水さんから東福寺さんまでの間は、善さんがしょっちゅう歩いてたとこや。どんなきっかけでと訊きたいけど、今さらそんなことも訊かれへん。

「わたしね、いっつも御主人が訪ねてくれはるたんびに思てたんですわ。この人は何がめあてやろ、てね。何やかんや署名してくれいわれても、一ぺんもしたことあらへんし、パンフレット買うてくれいわれても、一ぺんも買うたことないのに。なんたらいう会に入れいわれてももちろん入らへんしね。それでも、こんにちは、いうてきはりますやろ。ほんで尋ねたんですわ。おたくは何がめあてで、うちへきはりますねんて」

右腕が痛うなかったら、ちゃんと体起こして聞きたいとこや。

「ほんなら御主人が、何や思いはります、いうて訊かはるんですがな。わからへんさかい尋ねてますのやいうたら、こういう具合に話がしたいのやて。一人で暮したはったら一日中もの言わへん日がある。そやさかい、賛成でも反対でもしゃべってくれ、て。そのときは、けったいな人やなーと思てましてん。わたしにものいわすために、わざわざ訪ねてくる人があるなんて、信じられますか。一人で暮してるいうて、つけこまれるような気もするし。わたしは誰かと話したかったら電話でもかける。会いたい人がおったら会いに行く。おたくと話したいことなんかないていうたんですねん。わたしは何の形になるめあてもなしに、人のためになんかやるなんて信用できひん人間で、そんなんがおったらそれはインチキや、いいましてん。宗教でも自分とこの信者ふやしたいさかい、いろんなとこがまわってくるのんどっしゃろ。そのときはそうですかいうて帰らはった。もう二度ときはらへんやろ思てました。怒らはったんやろ、インチキいうたんやもん。そう思てしばらくしたら、ポストに新聞が入ってましてん」

原田さんが言葉を切ったんで、わたしはなんぞいわんならんと思うけど、別にいうことあらへん。そのとき、ひょっとしてとひらめいたことがあった。

「何の新聞や、謄写板で刷ったような新聞でしたわ。わたしはいっつもビラや新聞や、こっちが頼んでへんの勝手に入れとかはるもんは、読む義理もないさかい、ポイとすぐほかすんですわ。その時もほかすつもりでふと見たら『何がめあてで、——A夫人に問われて』いう見出しが目に入ったんですにゃ。へェーと思って読む気になって。そしたらやっぱりおたくの御主人がわたしとのやりとりと、その後で考えたことを書いてはったんです」

「そんなことありましたなあ。A夫人て誰え、ていうたら誰でもええがな、こういうことを考えさしてくれはった人や、いうてたことありましたわ」

やっぱり、善さんがつくってた「生活と健康を守る会」の東山支部の機関紙やった。「なにがめあてなんか」と真正面から問われて、善さんは何のために活動してるのか、正直に自分の中をのぞき込んでみたんやった。原田さんに答えんならんと思たんやろ。世の中をようしたい、自分の住んでる東山で一人で困ったはる人があったら助けたい、そう思てずっとやってきた。長いことやってるさかい、ちょっとは頼りにもされ、感謝もされ、娘の結婚話の相談ももちかけられる。高校やめるいうて学校へいかへん息子の、ほんまの気持ちを聞き出してくれと、親に頼まれたりもする。人の役にちょっとは立ってることが嬉しい。そやけど、「何がめあてや」といわれて、ハッとした。ほんまは何やろう。人を助けたいなんておこがましいことやないやろか。歳とっていくのは淋しいことや。淋しいのに長い年月自分の殻をかぶってきたし、淋しいもん同士でも若い人みたいにすぐ友だちになれへん。歳をとっていく淋しさにあらごうて、あがいてるだけかもしれん。自分が生きてることを確かめるために、歩きまわってるのかもしれん。そうか、ほんまはきっとそうやったんや。それならそうと、正直にそういうたらよかったんや。そしたら誰も彼も、みんな生きていく仲間や。考え方が一緒でも違うてても、人間として生きていく仲間であることにかわりない。一緒なら一緒で、違うならなんで、どこが違うのか話の種がたくさんあるだけや。

善さん、そんなこと新聞に書いてた。自分で手書きで出してた新聞やさかい、会の方でも年寄りの道楽として好きにさしてくれたはったんやろ。わたしにも一枚くれて、珍しいことにここ読んどいて、いうたもんや。

どやった、とはよう訊かんと黙って二階へあがってきたさかい、わたしは、

「この善さん、好き」いうた。それでよう憶えてる。善さん死んでからでも、何べんも読み返したさかい。

わたしも原田さんも、二人して善さんの書いたこと、善さんの地面を這いつくばっていくみたいやった活動の中から、行きついたことを考えてたんや。

「こんど来てくれはったら玄関先やのうて、あがってもろてお茶ぐらい出して話きかしてもらおと思てましたんやけど、ちょっとも来てくれはらへん。そらそうやな——思てたら倒れはって入院したはるて聞きまして、びっくりしたんですねん。お見舞いに行こうかと思て、いっぺん病院まで行ってみたんどすけど、お部屋にはよう入らんと戻ったんですわ。それから近所の人が外で、丹波の方へいかはったてしゃべったはったん聞いて、なんであのときお目にかかって、お詫びせえへんかったんや、と後悔してました。丹波に行かはって、一年八ヵ月後でしたなあ。回覧板でお葬式やいうのがまわってきて……」

原田さんの頬を涙がころがり落ちていく。善さんの葬式のとき、年寄りが死んでこんだけ人の泣くのも珍しいて、葬儀屋はんがびっくりしたはった。この涙が善さんの勲章や。善さんにもよう見えてるやろ。

ガーネットさんのこともいうとかんと、何のこっちゃと思うわなあ。あの宝石のガーネットや。真っ赤にちょっと黒をまぜた透明な石。オレンジや緑のガーネットもあるそうなけど、わたしのは普通のガーネットや。というても本ものの宝石を持ってるわけやない。なんていうたらええのやろ。わたしのとこに来てくれたいうか、わたしが生産してるいうか、とにかくトイレで流してしまう一瞬、ガーネットみたいな色になる血塊や。

なんでかしらんけど、お寺さんの病とは思わへんかった。これは直腸がんに違いない。天の啓示みたいに、わたしは確信した。そしたらあと半年や。わたしの知ってる人は、みなガンとわかってから半年でこの世と別れていかはった。そうか、あと半年か。わたしは今まで、どこが悪うなっても「なおるもんならなおる。なおらへんときは死ぬ、それだけのことや」と思てたさかい、お医者さんに診てもろたことない。痛いのん、苦しいのんをがまんして、じっとしてたらいずれどっちかになる。こんどかて、今までの信条を変えるつもりはぜんぜんない。もう誰の役にも立たんと厄介かけてるだけやから、なるべくなら誰も騒がせんとすーっと消えたい。病院に入って検査や手術やらしとうない。もう七十七歳まで生きたんや、充分や。周市つぁんも善さんも、仲の良かった友達も半分以上はもうあっち側にいる。

どっちみち、わが身に起ることは全部自分で引きうけんならんのや。そう思たら、おかしなもんや、「どうせ死ぬだけやのに……」のベールがストンと落ちてしもうた。あと半年で死ぬと覚悟をきめたら、なるべく楽しゅう生きようと思う。今のとこはおなかも痛いことない、御飯もたべられる、どうなっていくのかわからへんけど、わからへんのに心配しててもしょうがない。

ただ、美代子にだけはいうといた。

「あんたすまんけど、半年先に海外旅行でも行こうと思てんにゃったら、止めといてくれへんか」

それで、一応わたしの身に起ってることを話したんや。美代子はお寺さんの病気かもしれへんのに、勝手にガンやて決めんといて。どっか病院で診てもろたらいうけど、わたしにはその気はない。わたしは直腸ガンやと信じてるけど、もし違うのやったらあと半年とはいわんと生きてるやろ。それならそれで仕方ない。

ただ、死ぬまぎわにはどういう状態になってるんか、それがわからへん。美代子に役所休んでもらわんならんようになったら、治療はせんとターミナルケアをしてくれるホスピスにはいりたい。美代子にはまだそこまではいわへん。わたしの心づもりや。

ただ美代子には一つの約束をした。

「わたしの病気のことは、もう家では一切いわへん。いちいちどうなった、こうなったいうても仕方ないのやし。わたしも一所懸命辛抱するさかい、あんたも黙ってみてて辛いやろけど、おたがいがまんしよう」

美代子は何にもいわんと、二階へ駆けあがっていった。善さんが亡うなって、わたしも逝ったら美代子は両親ともなくすことになる。けど、いずれは親も死ぬのや。

　わたしはええ人生やったと思てる。友達がようけいて、善さんという亭主がいて、美代子いう娘までいてる。わたしと同じ年代の友達は半分死んで、生きてる人も遠いとこに住んでる人は京都までよう来られへん。電話で時々しゃべるだけや。けど五十の歳から家にじっとしてる割には、訪ねてくれる友達がようけいる。原田さんかて毎月一ぺんきて、「なんやここにおったら、なんでもしゃべりとうなる」いうて、二時間ほどしゃべっていかはる。善さんがつれてきてくれた新しい友達や。

　そうや、明日はまた原田さんがきてくれはる。黄色い薔薇もええけど、犬走りでどくだみの花を切ってもらお。善さんにも、どくだみの真白な花みせたげるわな。わたしのガーネットさんは、みせたげるわけにはいかん。それはそれはきれいなんやけど。

青い花

ガス栓をひねるのは、コンロに鍋をのせて、マッチをすってからにしなさいとママはいいます。一秒でも無駄にガスを燃やすのは、もったいないからです。でも、わたしは何ものせないで火をつけます。燃えるガスの色が好きだから。ガス台の上に載っているのは、すき焼用のテーブルコンロ、もう一つのガスの出口にはキャップがかぶせてあります。わたしはそのキャップをはずして、空色のゴムホースを差してみました。巻いてあるホースを部屋にのばしていきます。炬燵はコードを抜いて簞笥にもたせかけ、炬燵の布団を畳んでその上にのせました。いつも夜寝るときするように。

夜はわたしとママの布団を敷くので、真ん中は二枚の布団が重なります。いまはわたしのだけだから、重ならないで威張っています。布団の中にホースを入れると、ママのように大きな溜息が出ました。簞笥の上の目覚し時計は、きっかり五時半を指しています。

いつもはこの時間になると、炬燵から出てわたしは薬缶に水を入れて、火にかけます。それが沸くとポットに入れ、今度は鍋に水を入れてコンロの火を弱くします。温かいお湯になった頃、ママが帰ってきて夕御飯の仕度にかかります。このアパートには瞬間湯沸器がついていないし、ガスコンロも一つきりなので、こうしておくととても助かるとママがいうのです。

わたしは薬缶に水を入れてコンロの横におくと、マッチをすってガス栓を開きました。空色のゴムホースは、まだ元栓を閉じたままです。ガスの火は小さな菊の花びらのようで、もっとまあるくふくらんでいて、吸いこまれるような空色です。花びらの上には冠のような炎が出てきて、それは薄い空色にほんの少し桃色をまぜた色です。この冠をどう描けばよかったでしょう。

五日ほど前の図画の時間、先生が何でも好きなものを描きなさいといったとき、わたしはこの燃えるガスを描きました。冠の色をパレットにつくりました。画用紙の真ん中に、二重の空色の花びらを浮べて、あとは全部黒く塗りました。この台所には小さな窓がありますが、ほんの少し塗ってみて、汚なくなったのでやめました。廊下は昼間でも暗くて、明るい光を身体につけて帰ってくると、置き忘れたバケツを蹴とばすこともあるのです。わたしのガスの花びらは、いつも暗い中に青く燃えて開くのです。先生はわたしの絵をみて、ほんの少しの間眉をひそめました。それから少し口紅のはみ出した口で笑ってみせて、

「ああ、これは夏にみた花火なのね」といいました。わたしは黙って笑っていただけです。

「花火はオレンジ色じゃないかな。でもこんな青いのもあるのかな」と
先生はいって、

「花火をみてる杉山さんも、このへんに描いとくとよかったのにね」

黒く塗りつぶした絵の下の方を指していいました。

「冬に花火やて」

後ろで男の子がいうのが聞えました。先生には花火としかみえないのだから仕方がありません。ガスの火ですといわなかったのは、先生もママのようにもったいないというと思ったからではあ

りません。ガスの火をじっとみつめているのは、わたしの秘密だからです。心が吸いこまれるように軽くなって楽しいから、誰にもいいたくないのです。この空色には、心だけでなく、身体も軽々とするようななにかがある！　そう思ってわたしはおととしの夏、パパとママと三人で行ったプールを思い出しました。火と水なのに、どちらも同じ色でした。プールのまわりもみんな空色に塗ってあったから、プール中が空色です。パパと犬かきの競争をしました。ママが笑ってみていました。はねた水が普通の水のように光るのが、とても不思議な気がしました。あのとき、一日ですっかり陽焼けしたわたしは、空色の水の中で軽々とはねまわっていました。まだむこうの学校の三年生だったわたし。一年半にもならないのに、あれはずいぶん小さかった昔のことのような気がします。水を入れた薬缶はコンロの上にのせず、わたしはそのまま火を消しました。

きのう、学校から帰ると部屋にママがいました。炬燵の板に肘をついたきりぼんやりして、鍵をあけて入ってきたわたしを、ぎくっとしたようにふりかえりました。ママはお化粧もせず、髪もとかさないで知らない人をみるようにわたしをみました。炬燵の上には、ママとわたしが朝御飯に使った食器がそのままのって、乾いていました。

「どうしたん、ママ病気？」

わたしはママに近づいて、わたしのおでことママのそれとをそっとごっつんこさせました。ママのおでこはびっくりするほど冷たくて、脂が浮いていました。

「なんでもない」

ママは溜息をつくと、のろのろ立ちあがって、茶碗を流しに運びました。

「ママ、しんどいの」

わたしは心配になって、鞄もおかずにママの後にいきました。

「どうもないて」

ママはボウルに水を入れて茶碗をつけながら、うるさそうにいいました。いつもは、ママとわたしは一緒に家を出るのです。ママは駅へ、わたしは学校へ。駅にも学校にも近いことがこのアパートのいいところです。五十米ほどで右と左に別れます。「いってらっしゃい」。二人はいっしょに声をかけます。「おはようおかえり」といわなくても、ママはいつも大急ぎで帰ってきます。

ママは降りる駅の一つ手前から、一番前の車両に引っこしてくるのだそうです。ドアの前に陣取って、ハンドバックから買物袋を出して腕にかけ、定期を出して握っているのだそうです。そこが改札口に一番近いからなのです。五時四十分に着く電車が駅に止って、一番に改札口を出てくるのがわたしのママです。夕方、急に雨が降り出して迎えにいっても、ママは真っ先にみつかります。駅の近くにあるマーケットに寄って買物をすませると、脇目もふらずに帰ってきます。そんな生活が、このアパートに引っ越してきて三ヶ月たちました。きのうママは朝御飯が終わっても立とうとせず、「由美、先に学校へいって」といいました。わたしは前の家にいたときのように「いってきます」といって部屋を出ました。今日はゆっくりでいいのかな、とわたしは思いました。ときどき、ママはゆっくりの日があるのです。この近くをまわるときです。ママは友達の世話で、ガス会社のメーター検針の仕事をしています。一日歩きまわってメーターの数字を読み、カードに書き入れて、その月に使ったガスの量を計算します。はじめの頃、ママは足が疲れてよくわたしに足を踏んでくれといいました。伏せて、イカのようにのびたママのふくらはぎの上をそっと踏むのです。靴下の上からでも、ママのふくらはぎの柔らかさが伝わってきます。体重をかけずに、足でとんとんと打つようにしたあと、箪笥につかまって少しずつ体重をのせていきます。踵の近くは全身で踏んでいきます。ママは「痛い、けどええ気持ち」と圧しつぶしたような声を出します。この頃は、足踏んでともママはいわなくなりました。

「足踏んだげよか」

机のところから、ママの後ろ姿にむかってわたしはいいました。

「いまはええ」

言葉だけを投げて、ママは水の音をさせながらのろのろと洗っています。鞄の中のものを全部出して、明日の時間割を揃えてから、わたしはもう一度いいました。

「由美が買物にいってこうか」

ママは流しの前からふりかえって

「そうしてくれるか」というと、濡れた手で財布と袋を渡しました。

「由美の好きなもの買うといで。ちょっとはりこんでもええから」
ママははじめて疲れた微笑を脂の上に浮べました。わたしが部屋を出ると、中からカチリと鍵をかける音が聞えました。

赤と緑のチェックの柄になったナイロンの買物袋に財布を入れて、わたしはマーケットへの道を歩いていきました。何を買おうかと考えましたが、何も思い浮びません。それよりもママのことが気がかりです。いつものママではない。遠い夕暮の野道でママが迷子になったように、わたしは心細くなりました。大声で泣きたい気持ちです。でもわたしはそんなとき、いつも泣けないのです。空と地面の間にわたしが一人いる、空にはみるまに色濃くなっていく灰色の雲があって、どちらをみてもなにもない、そんな光景がみえてくるだけなのです。

夢でみたのか、わたしが想像しただけなのか今ではよくわかりません。わたしはその中に、泣きもせず、毛ばだった顔でただ立っているのです。ほんとうはママにしがみついて、幼稚園に行く前の小さな子どもだったときのように顔中を口にして泣きたいのです。あのとき、ママがわたしを連れてパパの家を出るという話のときも、わたしはパパにかじりついて、イヤだイヤだと泣きたかったのです。わたしの中からもう一人のわたしが抜け出してそうしています。でもわたしはじっと座ったままでした。泣きたいのに、声も涙も出ないのです。

歩きながら、不意に涙が一粒ころがり落ちました。わたしはあわてて手で目をこすりました。

わたしの涙はいつも変なときに出るのです。泣かなければならないときにはちっとも出ようとしないくせに。ママは疲れているのだ、それだけなのだとわたしは自分にいいきかせるように胸の中でくりかえしました。単純にそうきめなければ、ややこしくなるばかりです。疲れているから一日ママはお休みしたのです。だからよかったのです。疲れるときっとよくないことが起こります。ママとわたしが一部屋のアパートに移ったのも、もとはといえばパパが疲れていたためです。それであんなことになったのです。

ママは車に乗らないから、パパのように人を怪我させることはないけれど、フラフラ歩いていたら反対に車にはねられたかもわかりません。パパはタクシーの運転手をしていて、十年以上になるベテランなのに人をはねてしまいました。若草色と黒に塗りわけた車が、パパの会社の車です。「クロなしになる」というのがパパの口ぐせでした。若草色ひと色の車、個人タクシーです。せっせと仕事をしてお金をため、事故を起こさずに、由美が高校を卒業する頃には「杉山タクシー」をはじめるのだそうです。わたしがお嫁にいくときには、「杉山タクシー」に乗せてパパが連れていってくれるというのです。パパが家でお酒をのむとき、よくそんなことをいいました。

事故を起こしたとき、パパは会社の車ではありませんでした。去年の暮、忙しい日が続いてパパは疲れていました。パパの友達が風邪をひいて熱を出していました。もっともパパ達運転手は、ほとんど冬中、風邪をひいているのだそうです。車の中は暖かいのに、外は寒いからです。夜遅く会社に帰ってから、寒いところで洗車しなければなりません。その日、忘年会帰りのお客をあちこち凍った道におろして会社に帰り、深夜の洗車をすませると、パパは会社の近くのおでんやでお酒を一杯飲んだのです。そして会社の仮眠室でひと眠りしようと帰ってくると、お友達の車が戻ってきたのです。その友達は少し熱があったのに休めなかったのです。熱があがってガタガタふるえて戻ってきたのです。家に帰って寝た方がいいというので、パパはその友達の車を運転して家まで送っていったのです。事故はその途中で起こったのでした。わたしはパパから直接聞いたわけではありません。明る日の新聞にのった「タクシー運転手、酔っぱらい運転で学生はねる」という記事と、それをみてかけつけてきた伯母さんに、ママが泣きながら話しているのを聞いただけです。ママと伯母さんが何度もくりかえして同じことを嘆いているのを聞いていると、わたしにもそのときの情景がみえてきたのです。

午前三時頃でした。西大路通を南へ下って八条通を西へ、パパは車を走らせていたのです。西大路通には時たま走っていた車も、八条通に入ると全く姿をみせません。家々が黒く静まりかえっているだけです。動くものは何もない。ライトに照し出される距離だけ道が次々と生れてきます。お友達は毛布にくるまって、後の座席に横たわっていました。パパはかなりスピードを出していたようです。一日に一度ぐらいは走る道です。知りつくした道、人通りのない深夜、朝から十二時間以上も運転を続けていた疲れと、眠ろうとして飲んだ一杯のお酒、それらが束の間パパを別の世界に引き込んだのです。温かく柔らかいびろうどのような手ざわりをもつ闇の中に。

パパは一杯や二杯のお酒で酔っぱらう人ではありません。そのときは疲れきっていたからです。

ほんのわずかな間でした。なじみ深い闇の中に黄色い光が射しこんできて、パパはとっさにハンドルを左に切りました。対向車に気がついたのです。そのパパのライトの中に、自転車にのった人の後ろ姿がとびこんできたのでした。

自転車にのっていた人は、スナックにアルバイトにいっていた学生で、三週間の怪我だったといいます。「杉山タクシー」と家を建てるために貯めていたお金が、家からすっかり出ていきました。新聞に「酔っぱらい運転」と書かれてしまったので、パパに本当に「酔っぱらい」になってしまいました。「酔っぱらい運転」には保険のお金はおりず、罰金とおまけに六ヶ月の免停です。今年のお正月は、わたしの家にはきませんでした。それでも、まだそのときはパパもママもわたしも、三人が一緒でした。学生さんが病院に入っている間、ママは毎日のようにお見舞いにいき、夜は「組合」の人や、熱を出したパパのお友達もよくきて、ゴタゴタしている中にも妙な活気がありました。学生さんが元気になり、慰謝料などの話し合いがついてから、家の中が寒くなりました。パパが毎晩のように酔っぱらって帰ります。ママは白っぽい顔でパパと口をききません。

わたしが日直でいつもより早く学校へいくとき、パパと一緒に家を出て電車通りまで二人で歩きました。わたしはパパに

「どうして外でお酒飲んで帰るの。家で飲んだらええのに」といいました。パパは黙ってわたしの顔をみると、掌でわたしの頭を包みこむように押さえて二、三度ゆすりました。それから手を

離すと、何もいわないで停留所へさっさと歩いていきました。その晩もパパはやっぱり酔っぱらって帰ってきました。玄関のところに座りこんでしまったパパを上にあげようとわたしはパパの手をひっぱりました。パパの手にはところどころ黄色いペンキがくっついていました。

免許証をとりあげられたパパは、毎日会社で何をしているのか、わたしにはわかりません。パパにそれを聞くのは悪い気がします。でも、それからほんのしばらくの間、パパはお酒を飲まずに帰ってきました。おみやげにガムやチョコレートを持って。ママも怒らなくてもいい。白っぽく寒い家の中が柔かく暖かい空気といれかわって、ほんとうの春がくるのだとわたしは思いました。でもそうはならなかったのです。

わたしはマーケットで鶏の脚を買ってきました。マーケット中をぐるぐると二回まわって、結局ママの好きな鶏にきめたのです。いい匂いをあたりに撒いて、ガラスの中で焼けていたのを二本はりこみました。キャベツの刻んだのを添えて、ママと二人の夕飯をたべました。ママは少し元気が出てきたようでした。

「今日はお仕事サボったけど、明日からまたガンバラなくちゃ」

口のまわりを光らせてママはいいました。

「来年の夏までには冷蔵庫も買わんならんし、この部屋は暑そうやから扇風機もいるしね」

ママは自分を励ますようにいったのです。来年の夏も――来年の夏もまだ「別居」のまま――

わたしは黙ってママの顔をみつめていました。ママは「離婚」してしまうつもりなの？　不意に身体をゆさぶられるような不安がつきあげてきました。

パパとママは「離婚」したわけではありません。「別居」しているだけなのです。わたしは前の通り杉山由美だし、ママは杉山喜代子です。この部屋のドアにも『杉山』と書いた小さな紙が、前の人のをはがしたあとに貼ってあります。もうパパの家には帰らないの。わたしはそう聞きたいのですが、ママの返事が怖くて黙っていました。ママはもうほんとうにパパのところには戻らないの。由美のパパはどうなるの。

「由美、元気でな。パパが車で迎えにいくまで、しっかり勉強するんやで」

掌をわたしの頭にのせて、ぐりぐりゆすっていたパパをわたしはいつも憶えています。パパの掌の重みと温かさを。来年の夏のことなど、どうしてママはいい出したのでしょう。お化粧をしていないママは、いつもより四つも五つも年をとったようにみえます。眼の下にもしわが出てきました。ママもほんとうはパパのところに帰りたいのではないか、とわたしは思いました。「冷蔵庫も扇風機もむこうの家にはある」とわたしにいわせたかったのではないかしら。パパもママもきっかけを求めているのかもしれません。きっかけはわたしだ、わたしの胸に稲妻のように光るものがありました。

机の引出しから一番好きな便箋と封筒を出しました。西洋の古いお城があって、王女さまのような少女がシルエットで浮んでいます。便箋と封筒がお揃いです。学校をかわるとき、仲のよかった友達がプレゼントしてくれたものです。お城は白く輝いているのに、王女さまは影法師。わたしはまず封筒に「パパとママへ」と書きました。それから便箋をひろげました。これから書くのは、わたしの「遺書」なのです。「遺書」というものを書くのははじめてですから、どう書けばいいのかわかりません。でも、一番いいたいことを書けばいいのだと思って、わたしは鉛筆を握りなおしました。便箋のはじめにもう一度、「パパとママへ」、と書きました。

「前のようにいっしょに仲よく暮してください。由美の一生のおねがいです。どうか由美のねがいを聞いてください」

そこまで書くと、わたしは自分が本当にこれから死ぬ人のように思えてきて、悲しくなりました。涙が一粒、王女さまの胸のあたりに落ちました。それで、もう「遺書」を書くのをやめて、その便箋を封筒に入れ、わたしの机の上に置きました。それから炬燵に入ってしくしく泣きました。涙があとからあとから出てくるのです。わたしは本当に死んでしまうような気がしました。一人で死んで、火葬場で焼かれる、そんなことを思うとよけいに悲しくなって、イヤイヤといいながら泣きました。以前のようにパパとママと三人が一緒に暮して、夏にはプールへいきたいのです。空色の水の中をはねまわりたいのです。だから、そのためにわたしは死ぬ真似をするのです。自分で思いついたことなのに、本当のように悲しいのです。しばらく泣いてから、わたしは炬燵のスイッチを切り、コードを抜いて片付けました。布団を敷いて、ガスのホースをつなぎました。ガスコンロに火をつけて、わたしのために咲いた青い花をみていました。すると、わたしは自分が死んだりするわけがないと思えてきました。ママの帰るほんの少し前に布団にもぐりこめばいいのです。ガス栓も半分ぐらいしか開けずに、少しの間がまんしていればいいのです。ママがドアをあければ、すぐにわたしはみつかります。

五時四十五分になりました。ママはマーケットで買物をすませた頃です。あと五分もたたない間にママは帰ってくるはずです。わたしは立っていって、ドアの鍵をあけておきました。空色のホースを差したガスの栓を半分くらい開きました。それからもう少し閉めて、三分の一くらいにしました。足音が聞えてきて、わたしはあわてて布団にもぐりこみました。頭の上まで布団を引きあげると、新しいゴムの匂いがしました。ここへ越してきた日、伯母さんがコンロとホースを買ってきて、すき焼をしてくれたのです。そのとき一度使っただけのホースです。ガスの匂いがしてきました。火をつけないガスは、ただ臭いだけです。ドアはまだ開きません。足音はママではなかったようです。わたしは布団の中で鼻をつまんでいました。ママはもう帰ってくるはずです。ガスを無駄にしてごめんなさい。わたしは口の中でつぶやいて、いっそう強く自分の鼻を握りしめました。

三月の雪

長い間京都から大阪梅田に行く阪急電車の始発駅は、「四条大宮」であった。「四条河原町」になったのは一九六〇年代も半ばになってからである。改札口を通り、地下の売店で父はいつも『週刊朝日』と『サンデー毎日』を買った。ついでに私にも、「森永ミルクキャラメル」を買ってくれる。電車に乗り込むと、私は靴を脱いで窓の外が見えるように膝をつく。父が早速開く週刊誌には、茶色っぽい写真がいつも載っていた。「泥沼やなぁ」と父が呟くたびに、私はその写真をちらと見るが、兵隊さんが泥の池に浸かっている訳ではない。

「いっぺんに食べたらあかんで。胃が悪るなるさかいな」

私の視線を一瞬捉えて、父は毎回同じことを言う。

「お前なあ、西院の向こうまでは地下走るの知ってるやろ。外なんかなんにも見えへんで」

「ええねん」

これもいつもの会話である。地下は真っ暗ではない。天上の星は果てしなく遠いが、地下のところどころには同じオレンジ色の光が、アンパンくらいの大きさで光っている。アッという間もなく通り抜けるが、私はそれを「きれい！」と思って見るのである。地下から地上へ出る瞬間も見逃せない。目に入るすべてのものが、トンネルの大きさにぎゅっと縮まっていた。それが瞬時に天地の大きさに戻る。何とも言えない「解放感」に全身が浸れるのだ。小学校へ上がったばかりの私はそんな言葉は知らなかったが、後で知って、こんなにぴったりした言葉があるのだと感心した。私の身体もひとまわり大きくなるような感覚だった。

青い空と麦畑の緑、遠くに北山の山並みが群青色にかすんでいる。ある時は麦畑が実って黄金色。稲穂がうねっているときもある。空と麦の間に白鷺が群れて舞う。いろいろな季節に、私は悠然と広がる天地を見た。高槻に着くまで人家は何も見えず、空と畑か田圃だけの世界である。

夏になると、私は母が持たせてポケットに入れてあるチリ紙を取り出して、細く裂いた。根元をしっかり一つにまとめ、それを握って窓から泳がせる。チリ紙も私のおかっぱの髪も生きもののように音を立てて膨らみ、またしぼんで靡(なび)いた。豆粒のような私が風に乗って、そのまま飛ばされていく感覚も楽しい。父がせっせと週刊誌を読むそばで、私は一刻(ひととき)も退屈しなかった。季節ごとに窓の外は変わる。白鷺がいなくて、雀が田圃を埋めるくらいいることもある。稲刈りの直後であったろう。一斉に飛び立つときは、地面が一瞬浮き上がる感じがする。屑藁(わらくず)や豆殻(まめがら)が白い煙を上げながら、香ばしい匂いを送ってくれる日もあった。

大阪市城東区に住む伯母のもとへ季節の変わり目に行くのは、従妹のお古の衣類をもらうためだった。鶴橋で小料理屋をやっていた伯父の所へは、もう少し多い頻度で豚肉や卵をもらいに行く。

「純毛」のセーターやスカート、コートの類はもうどこでも買えなかった。衣料切符が配給されたが、「スフ」や「人絹」と呼ばれたペラペラのものしかない。姉や従姉のない人は、母親のセルの着物や、父親の和服のコート「トンビ」を丁寧にほどいて仕立て直すのである。伯母の家には従姉が二人いて、上はもう女学校へ行っていたが、伯母は彼女たちが着られなくなったものを、私のために残しておいてくれていた。「姉ちゃんのお古は嫌」という下の従姉のわがままのおかげで、私はクリーニングに出されてほとんど新品同様の衣服をもらえるのである。季節の変わり目ごとに。

軍需産業の一端を担う鉄工所をやっていた伯母一家は、景気が良い。眼鏡をずらせた伯母が一着ずつ広げ、「上等やったんやで」と鼻を膨らませるだけあって、どれも洒落た良質のものだった。大きな風呂敷を広げ、伯母が安定するように荷物をつくってくれるのを私は喜んで見ている。あとは上握りの寿司をご馳走になれば、もう私の用はない。帰りの阪急で、父の膝に乗せた荷物の上に頭をのせて、私は眠りながら帰ることもあった。

阪急の私の隣に今、父はいない。大阪に行くのも随分久しぶりだ。三月に入ったのに、今にも雨か雪が降りそうに空が重く、低い。火鉢の灰を薄く撒いたように麦畑もくすんでいる。私の隣には二歳一ヶ月になった妹を背負った母がねんねこを着て、膝の上に置いた風呂敷包みと手提げ袋をしっかり握っている。手提げ袋には、母も行ったことのない堺・金岡までの行き方が、すぐうちの近くに住む伯父の字で詳しく書かれた紙が入っている。それに油紙で包んだ妹のおむつ二組、ビロードの肩掛け。風呂敷包みの中は小型の重箱二段で、母の苦労の結晶である。私と母の間には番傘が立てかけてある。

父はちょうど四ヶ月前、今日のように寒くて、今にも雪か霙でも降りそうな日に、私たちが

「ヒロッパ」と呼んでいる家の前の遊び場から出征していった。父が嫌いでずっと買わなかった「国民服」はもうヘラヘラの薄いのしかなく、メリヤスの上にラクダのシャツと毛糸の腹巻をしても、寒さと緊張からか挨拶の語尾が震えていた。

当時、妹はまだ生後一歳と六ヶ月だった。「ヒロッパ」で父を見送るために母におんぶされてねんねこに埋もれていた。だがいつもの夕方は、母は夕飯の支度で、私は家の外を掃いたり庭木に水をやったりと忙しい。ばあちゃんは夕べの「お勤め」の代わりに、仏壇の前でハンドルを差し込んでまわす蓄音機で、「地蔵和讃」や「西国三三カ所霊場巡り」の御詠歌のレコードをかけて聴き入っている。妹は一人寝かされていたが、天井を眺めて声を出したり、右を向いたり左を見たり、独り遊びができた。父が帰って「ただいま」と小さなほっぺをつっつくと、妹は両手両足を振りまわし、まだ歯の生え揃わない口をいっぱいに開けて声をあげた。全身で喜びを表しているのだった。父は「分かった、分かった」と言いながら、寒い時期なら慌てて布団をかけてやる。

当時の私に何も分かってはいず、想像もしなかったが、父はいつ兵隊にとられるか、家に帰ったら「召集令状」が来ているのではないかと案じながら帰った日もあったという。三十五歳になったから、国も諦めてくれたか……。家の空気が凍り付いておらず、妹のこれ以上ない笑顔を見て、一挙に緊張が解けたことだろう。そんなことを思ったのは、それから三十年以上も経って病で父が呼吸を止めた後である。長い痛みと苦しみの期間、父は一度も「痛い」とも「苦しい」

とも言わなかった。明治の男の意地なのか。朝鮮で自らが入る巨大な壕を山の岩盤に掘っていたとき、ダイナマイトの破片で肩甲骨を削られる重傷を負って、麻酔も痛み止めもなく破片を取り出したときに比べれば、どうということもないと強がっていたのか。

身だしなみに最後まで気を遣った父は、死ぬ日の朝まで自分でひげを剃った。医者もナースも、もう死を待つだけの父に用はないのだろう。覗きにも来なかった。しかしそれからの苦しみようは、文字どおり静かな死闘だった。うめきも唸りもせず、病室の窓から正面の真夏の北山に目を向けておれば、平和な景色が見えるだけだ。午前中は顔をしかめる程度だったのが、痛みはどんどんひどくなるようだ。体力があれば「どうにかしてくれ！」と叫んだだろう。痛みが限界を超えれば、人間は意識を失うという。父はかっと白目を剥き、やがて意識を失った。穏やかになった父を見て、私は心底ほっとした。そして父の生涯をしばし思ったのだった。

小学生の私は、父の思いなど考えたこともなかった。アメリカやイギリスとの大きな戦争がほんの三ヶ月前に始まったのは知っていた。だがそれは遠い所の出来事で、父は毎朝家を出て仕事に行き、夕方には時計のように正確に戻ってくる人である。時々日曜日に市の職員でつくっているテニスのサークルへ、ラケットケースを抱えて行く。寒くなると電熱器を出して、暑くなれば扇風機を出す。部品を丁寧に拭いて組み立てる。六〇ワットの電球を中に入れた六角形の木製アンカもつくってくれた。柔らかい木がぬくもって、素足にくっつけてもほんのり温かく、早くに布団を敷いて中に入れておくと、布団は私を包むように温めてくれた。

それらは父の午前中の仕事である。昼からは一人で本を読むか、奈良の古寺を回る。父は東大寺法華堂の日光・月光両菩薩が好きだった。私も連れて行ってもらったことが何度かある。他に誰も人のいない菩薩像の前で、何も言わず長い間佇んでいた。ささやかな父の本箱には、トルストイやツルゲーネフ、ゴーリキーなどロシア物が多かった。そんな日常がひっくり返ると思ったことはない。戦争が家の中まで入ってきて、父を連れて行くなんて……。

広場に人が集まっていると伯父が知らせにきて、父はばあちゃんと母に「行ってきます」と正座して頭を下げ、私の顔を見て、名前を呼んで頭を撫でた。ねんねこの妹には、のぞき込んで名前を二度呼んだ。妹は足をバタバタ動かした。それから父は「賢うしとりや」と慌てたように付け加えた。そして本当に行ってしまい、夜になってもずっと帰ってこない。

班長という人から葉書が来たのが一週間前である。簡単な自己紹介があって「岩村君は十日前の演習の後で吐血され、現在大阪堺の陸軍病院に入院されています。ご家族の方に一応お知らせしておいた方がよいと判断し、自分の一存でこのはがきを出します」。

要約すればこのようなことが書かれていた。吐血というのだから喀血ではない。おそらく日頃から弱かった胃をやられたのだろう。すぐ近くに住む、京福電鉄に勤めている伯父を私が呼びに行って、ばあちゃんと母と三人で、詳しいことは判らぬままに話している。父が血を吐き続けるのが、私にも見える。父はカーキ色の軍服ではなく、真夏に着ていた白麻の背広姿だ。そこにどろりとした紅黒い血が流れてゆく。私の胃も次第に冷たく、硬くなる。とりあえず様子を見にいくしかないだろうということになった。それが今日なのである。

胃が悪ければ、軟らかいものしか食べられない。葉書が来てから、母は日頃付き合いのない農家に小さな石臼を借りに行った。片手で持てるのが何軒目かで借りられ、大事な米粒を数えるように、来る日も来る日も挽いた。米粉だけでは硬くなるので、恐る恐る片栗粉を混ぜる。片栗粉だけは細長い袋で何本か家にあった。時たまのおやつは少しの砂糖と片栗粉を熱湯で軟らかく練ったものである。缶入りの薄茶色の砂糖は、船に乗っている祖父がシンガポールから送ってくれたものだった。

この街に一軒だけある和菓子屋で、配給のたばこと黄な粉を交換してもらい、母はまだ真っ暗なうちから黄な粉団子をつくっていた。ばあちゃんの昼ご飯、父に食べさせる分、私たちの弁当代わり……。

母が何度も乗り換えの駅を確かめ、やっと「金岡」の駅に着いたとき、私たちは大仕事をしたように疲れていた。母の緊張が私にも、おそらく負ぶわれている妹にも移ったのだろう。ひと言も喋らない。駅から病院まではすぐ分かった。皆寒そうに足踏みしたり、手をこすり合わせたりしている長い行列があったからである。母は列の最後を確かめて「えらい待たんならんなあ」と溜息をついた。そのうちにちらちらと小雪が舞い始めた。

「やっぱり降って来よりましたなあ」

「ラジオの天気予報は当たらんでもええ時に当たって、当たってもええときは当たりよらへん」

行列の近くの人たちが話している。

私は大きな番傘を持たされているが、この行列の中では広げられない。母が昔、冬のお出かけにしていたビロードの肩掛けを出して、しゃがんだ。私は妹の頭や衿の隙間を埋めたが、目を覚ましていた妹は「くらい！　暗い！」と暴れている。外が何も見えず、暗いばかりで不安なのだろう。

「冷たい雪が降って来たんや。寒い寒いねん。風邪ひくさかいな、辛抱し」

三列の行列は意外に早く前に進む。

「賢うしてんと、お父ちゃんに会えへんのやで」

私は従姉のコートで寒くはない。グレーのウールにオレンジ色のウールの裏が付いている。リバーシブルではないが、二重である。おまけにフード付きで、フードの裏、衿、袖口、ポケットは太いオレンジで縁取られている。フードの中は暖かさ二倍である。母はセルの着物を当時「決戦服」と呼んでいたモンペと着物の上だけに仕立て直したものに、打ちなおした綿をたっぷり入れたねんねこを着ている。雪は次第に大きく降り始めた。

「ほれ、重たい雪や」「春の雪やさかいなあ」「難儀な日に当たってしもて」

さっきとは別のおじさんたちが話している。病気になった息子を見舞いに来たのだろうが、母親であるおばさんの数が少ないのが不思議だった。

　行列は病院を取り囲んだのち、正面の門を入り、真っ直ぐ行って三方に廊下の見える建物が終点だ。いつもは閉ざされているだろう扉が大きく開いて、面会する人たちが絶え間なく上がって行く。その五メートルほど手前にテントが張られ、細長い机が二台並んでいる。兵隊さんが五、六人でハンコを押している。行列の人たちが鞄や手提げ袋からそれぞれ葉書を取り出した。葉書は私の視線の先にある。違う。うちに来たのとは全く違う。にわかに不安が黒い雲のように湧いてくる。もうすぐ順番が来るというのに。私は嫌なものを見る予感に、病院の廊下を見た。奥の方から白い病衣の痩せた兵隊さんが、お腹を抱えてそろりそろりとやってきた。なぜか私は兵隊さんから目が離せない。四角い枠の中を、ひときわ大きな雪があとからあとから地面を目指す。葉書にハンコを押してもらった人たちが、四段の階段を上がって三方に分かれた廊下を、それぞれ急いでいく。兵隊さんは便所に行こうとしているのだろう。扉の前に来たとき、カエルが跳ねるように飛び上がって直立、敬礼した。上官かエライ人が来たのだろう。

「あ、お父ちゃんや」

　私は降りしきるぼたん雪を通しても、その兵隊さんが父であると判った。誰もが同じ白い病衣を着ているが、以前より痩せた横顔はまさしく父に違いなかった。母に教えようと振り返ると、母は机に額を擦りつけて泣いていた。

「子どもだけでも見せてやっとうくれやす。そしたら元気が出て早よお国のためにお役に立てます。窓の外からでも一目会わしてやっとうくれやす。お頼み申します。お頼み申します」

母の涙が眼鏡の間から机に落ちた。

「わからん人やなあ。何べんもおんなじこと言わさんといてんか。『面会許可書』が来た人しか会わされへんの。ハイ次、邪魔邪魔」

母は涙を拭いて、黙って雪の中に立っていた。母にカエルのような父を見せなくてよかった。雪に濡れた机におでこをつけて泣く母を、父は見なくてよかった。私はそう思ったが、むやみに腹立たしかった。誰に向かって怒ればいいのか判らないが、大声でわめきたかった。雪はひたすら降りしきり、母の鼻緒と私の靴を覆った。だが私はそれを冷たいとも思わなかった。


本物の「面会許可書」が来たのはいつだったか、父とどんな話をしたか、母はまた黄な粉団子を作ったか、私は全く覚えていない。葉書が来てすぐ、新京極の写真館へ行って母娘三人の写真を撮り、父へのお土産にするつもりだった。だがその願いはかなえられなかった。「これから戦争に行く人の分だけしか、フィルムがないんですわ」とふさふさした白髪のおじさんは言った。それは「遺影」になるかもしれない写真だから、そちらを優先するのだろうと、近くに住む伯母は言った。その数日後、妹は発熱して麻疹と診断された。父に会いにゆく日、何度も言い聞かされた妹は、真っ赤な顔に大きな涙をぽろぽろ流して、私と母を見送った。伯母が妹の面倒を見てくれる。「ゆっくりいっといない」と言ってくれた。伯母は五人の子持ちで、みな麻疹の経験があるので、心強かった。

だが妹には父に会う、それが最後のチャンスだった。戦後父は重傷を負いながらも生きて帰ったが、妹は疎開先で敗戦の一ヶ月前、栄養不良と熱中症で、あっという間に亡くなったからである。

母は自分の生まれた村で何度も腰をかがめて食べ物を分けてもらうより、隣村やその向こうの知らない村へ妹を連れて調達に出かける方を選んだのだ。母は自分を責め続けて、父が帰るのを半ば怖れてもいた。「お父ちゃんに何と言うて謝ったらええか!」。母の言葉を私は毎日聞かされた。

妹を連れ歩くのは、「市松さんよりかわいらしい」と農家のおばさんが妹に心を開き、何かを持たせてくれるからである。

「おばちゃん、ありがとう!」。にっこり笑ってお辞儀をする妹に、「ちょっと待たれいよ」と、もう一度家に入ろうとする時、母はすかさず私が着られなくなった従姉の「純毛」の上着などの入った風呂敷を開いてみせる。妹が着る五、六年先よりも今、食べるものがないのである。稀には米が手に入り、妹が両手に餅を持たせてもらうこともある。私ではこうはいかないのを、私は十分知っている。

父が二度名前を呼んだのを、妹がその死まで覚えていたはずはない。父はまるで遊園地にでも行くような楽しげな声で、妹の名を呼んだ。父の出征前、妹は幼すぎ、一度もどこへも連れて行ってもらったことはない。私の身体の中にだけ、父の柔らかな響きがかすかに残っているだけだ。

手

半透明の細い管を、薬液は姿も見せず沈黙のまま降りてくる。液だまりに落ちる前に、はじめて雫となって姿を現し、透明な光を放つ。短い筒状の液だまりに落ちると、中に入っていた液もおおげさに「来ましたね！」「大歓迎！」などと叫んで、一緒になって踊りだす。一瞬、液だまりが光り輝く。それからまた無表情に細い管を通り抜け、私の腕に吸収される。タンタンタンとリズムを刻みながら。

点滴を受けるのは久しぶりである。何度もしているのに、私は美しいものを新たに見つけたと満足して、T字型の点滴スタンドを見上げた。薬液の袋が三つぶら下がっている。何か小さく横文字が書いてあるのは読めない。端っこのには、茶色の袋に漢字で「生理的食塩水」と黒文字で印刷されている。今まで必要なかったものだ。

「初めまして、生理的食塩水さん」

私の体内に入るのは初めてだが、母のときも連れの最期にも付き合ってくれたのが、この点滴だった。呼吸を止めた腕に、まだ少しの間吸収されていた。

すると、私はかなりの「重態なのか」と思った。そして、あわただしく病院を変わったときのことが思い出された。

まだ梅雨には早い六月の初め、私は胸の左側と右わき腹が変に重く痛むので、かかりつけの診療所で診てもらった。採血されて翌日分かったことは、体のどこかが炎症を起こしているということだ。家の近くに診療所が開設されて以来の患者である私に、ドクターは「紹介状を書いたから入院の支度をして至急、近くのK病院へ行くように」と言われた。

私は三十代後半、京大病院で筋腫ごと子宮摘出の手術を受けていた。そのついでに卵巣を一つ取ったと言われたが、手術前には何の説明もないことだった。私が「そんな話は聞いていない」と抗議すると、担当医のインターン氏は「卵巣はひとつあれば充分です」と言い捨てて、向こうへ行ってしまった。学生の実験材料にされた、と私は思った。後々、子宮のない人には大勢出会ったが、誰も輸血した人はいなかった。

そのときの輸血は、ほんの一八〇ccだと言われた。「牛乳瓶一本にも足りない量だから大丈夫と思うが、よほど運が悪ければ肝炎になる可能性はある」とのこと。私は退院後一ヶ月でC型肝炎を発症した。もっとも当時その呼び名はなく、「ノンA・ノンB型輸血性肝炎」と言われていた。何十年か後、カルテのコピーを請求して、診療所のドクターに読んでもらうと、輸血は四〇〇ccだったと分かった。

発症以来、肝臓にどれほどの時間とお金を使ったか知れない。漢方、鍼灸、なんだか黒服四人組の「護衛」が付いた怪しげな医者の診察を受けたこともある。月に二度京都の患者の相談に乗っているが、診療所は四国だか九州だかにあって、がん患者もどんどん快復しているという口コミだった。黒服が怪しくて私は一度で止めたが、C型肝炎によく効く薬が出るまでの何十年か、廻った病院はいくつになるか。最終的に京都市の病院と近くの診療所で通院と投薬を受けていた。

今も年に一度CT検査を続けている。そして最近の肝臓の数値は良かったのに、やはり最後は肝臓にきたかと思いながら、K病院に入院したのだ。三日間隔離され、毎日二度鼻の奥を長い綿棒でかき回された。

コロナでないと証明されて、やっと一般病棟に移された翌朝、食事が終わってすぐ看護師さんが来て、宣告した。

「すぐに病院を変わってもらいます。新しい病院へは救急車で運びます。お家の方にも連絡しました。息子さんと妹さんがここか、次の病院へ向かって出発されました」と言う。にわかな話であった。

「そうですか」というより他にない。彼女は大きな袋に私の荷物を素早く放り込み、間もなく私はストレッチャーで病院の入り口へ運ばれた。二〇二二年六月十日のことである。昨日の血液検査の結果で決められたのだろう、と私は推測した。

救急車には、この病院で決まったばかりの主治医も乗り、私はどこの病院か分からぬままに運ばれていく。どこを走っているのかも分からなかったが、車長らしき人が、途中から救急車の前のドアを開け、手すりを持ったまま、半身を晒して、五月人形の鐘馗さんのように叫んでいる。

「この車を、乗用車が一台追走しております！」

すると長男は早くも到着して、救急車を追っているらしい。必死の形相で運転しているだろう顔が浮かぶ。

だとすれば私に転院を告げるずっと前、早朝に家には連絡があり、妹が知らせたのだろう。彼は兵庫県の自宅から駆けつけてきたわけだ。

到着したのはM病院である。私は救急車のドアから半身を出して叫び続けてくれた人にお礼を言って、病院のストレッチャーに移った。待ち受けていた看護師さん二人が駆けだす。直ちに四階のボタンが押され、運ばれたのはＩＣＵらしかった。同じ並びの部屋を三つ通り越した次の部屋だった。病室はかなり広く、横に並べればベッドは三台入るだろう。ＩＣＵだからもちろん患者は一人である。ベッドは快適な寝心地だ。

驚いたのは、しばらくして点滴が始まったとき、妹と長男が入ってきたことだった。新型コロナのご時世、面会など、どこの病院もできない。ましてやＩＣＵである。

「美代子も来たけど、二人だけ五分間の面会が許された」と息子は言った。

「わざわざ来てくれてありがとう。救急車からのメッセージは聞こえてた？」

「いいや。ぜーんぜん」と二人は言う。

救急車は信号無視で突っ走るが、その特権を保証されたのに、彼らには全く聞こえていなかったのだ。信号でいちいち止まり、必死で救急車を追ったのだ。

「救急車とはどこで出合ったの」と聞くと、

「Ｋ病院を出発する直前。僕らも着いて、『後を追いかけて』と言われて付いてきた」

息子の連れは廊下で待っているのだろう。

「美代子さん、仕事休んだの？」

「今日は休みだって」

彼女は学童保育の指導員をもう十数年続けている。

「美代子さんに、ありがとうって伝えてね」

今ここで改まって話すことも、すぐには思い浮かばない。延命のための無駄な治療はしないなどは、もう何年も前に二人の息子たちに話してある。

私は二人と「グータッチ」をした。妹が「フレー、フレー、がんばって！」と言って、私の名を呼んだ。

なんだか、今生の別れをさせてもらっているような気がした。私は自分の死を漠然と考えたことはあっても、今すぐ迫っているとも、これからやってくるとも思わなかった。私は死ぬ気は全くなかった。救急搬送されたのだから、前の病院では手に負えない病状なのは分かるが、重大事態だとは思っていなかった。

ＩＣＵは、至れり尽くせりの看護であった。私が「暑い」と思わず呟くと、たちまち優しい女性の声で返事がある。

「現在の室温は○○度ですが、一、二度下げましょうか。それともドライにしましょうか」

つねに一人はベッドの傍にいるものの、私の視界に入らぬようにしてくれているようだ。私は発熱もしていたらしい。氷水の入ったような、ひんやりした枕もたびたび取り換えてもらった。それは気持ちのいいもので、私はすぐ「ありがとう」とともに伝える。

眠ったり目覚めたりして、時間がどれほど経ったのか分からない。ふと目覚めて、私は何気なく自分の右手を上げて、ぎょっとした。生きている人間の手だとは到底思えない。血管が太く浮き出ていて、それが黒紫なのだ。皮膚に艶というものがなくなって、どこから湧いて出たものか、手の甲をシミが埋めている。私は左手も上げてみた。こちらも血管は浮き出ておなじ色だが、まだシミに覆われてはいない。掌を返してみると、いつものピンクがかった明るい薄赤ではなく、梅の実を漬ける紫蘇の葉色になっている。

なんと！　と、私は感心しているのである。左手がまだましなのは、心臓に近いからだろう。なら、足はどうなっているだろうと思ったが、腰が痛くて起き上がれない。このとき私はまだ知らなかったが、背骨を二ヶ所骨折もしていたのだった。転倒したわけでもなく、何かに激しくぶつかったのでもないのに。

「これは死人(しびと)の手だぁ」

私は声には出さずに呟いた。林の中を私は一筋の道をたどって歩いている。するとすぐ右手に、立ち枯れて木の葉はもちろん、枝さえ失った腐った木々が並んでいる。黒いミイラのようでもあるが、むくんで膨れたのが私の道案内のように連なっている。木の中で何かのガスが発生しているのだろう。仄暗い林の中で、台風が来なくても今にも自ら崩れそうな木々が、どこまでも列をなして続いていく。その脇を私はひたすら歩いているのだ。そんなイメージがたちまち湧いて、ワイドスクリーンで見えた。

歩いてどこへ行きつくのか、自分でも分からない。本人はまだ生きているのに、手が死んでいる。いや死んではいない。

私はグー、チョキ、パーを三度やってみた。

「やれる、大丈夫!」と声に出して言った。

鼻腔に差し込まれたチューブで酸素を吸っているのだが、これがやかましいものだと初めて知った。

連れも母も最期には酸素のお世話になったが、二人ともチューブを外そうとしては、私がまたはめるという攻防戦を繰り返した。

鼻腔の酸素は、チューブを耳にかけているからか、実に騒々しいものだった。なるほど外したくなるのがよく分かる。周波数が合わないときのラジオの雑音に似ている。無機質で意味なく、ただやかましい。

私は勝手に外したりはしなかった。だが酸素を吸入しているのに、この胸苦しさは何だと、思い切って大きな声で言った。

「もっと酸素濃度を上げてください!」

すると鼻腔のチューブはすぐ外されて、眼の下から顎まで覆う何重かの部厚い布の、全体から酸素が自然に出て来るマスクに変わった。たちまち呼吸は楽になり、雑音もなくなった。ただ、ひりつくような口内の渇きがひどい。口の中は、干ばつでひび割れた田圃か池の底のようだろう。

「お水を下さい」と、苦労してたびたび言う。

「冷たいの。氷をザクザク入れて、ね」

でも、飲みたいだけ飲むというわけにはいかず、いつも二口飲んだところで、計量付き吸い飲みは取り上げられる。私は残念無念だが、「明日の朝まで、あと何十ミリしか飲めないのよ」と言われてしまう。「どうして」と問うと、「心不全を起こしているから、水分と塩分は厳重に管理されるの」という返事だった。

心不全とは意外千万。私は根拠なく、心臓だけは大丈夫と思っていたのだ。だから、へぇーっと驚いた。

これらの日々、私は冷たい水ほどこの世で美味なものはないと確信した。入院中、お茶ではなく「冷水をお願いします」と言い続けた。

この病院のＩＣＵには、私のいた一週間の間についてくれた男性の看護師が三人いた。そして室内に持ち込むレントゲンの機械操作を、女性がこなしている。

私は何日目かに、若い男性看護師に尋ねてみた。少し口の渇きがよくなって、喋りやすくなったチャンスであった。

「女性の占有職だった看護師になろうとしたのは、パイオニア精神からなの」

「うーん」と彼は唸って、

「それも少しはあるかもしれないけれど、僕は何かの資格を取りたいと思っていたから」

「患者さんの評判はどう?」

「本当は男性の方が優しいって、よく言われます」

ちょっと自慢気に彼は言った。

「そう?」

私は少し笑って、続けた。

「それは人によるでしょうね。まわりに女性がいっぱいだから、もあるでしょう?」

どういうわけか、ここには美しい女性が多い。中に一人、とりわけ麗しい人がいた。名前は忘れてしまったが、映画やドラマの女優さんでも、あんなに綺麗と思った人はいない。

「ご気分いかが?」と、まぢかで微笑みながら問われると、長い睫にかげる瞳に吸い込まれそうになる。幼子のように白目が蒼く、瞳が黒い。マスクで顔全体は分からないが、この骨格では美しいに決まっている。

「この世には、こんなに美しい人がいるのだ」と、私はうれしくなる。人であれ空であれ、美しいものを見るごとに私はうれしくなり、勇気が出るタチなのだ。「体重がちっとも減らないのよね」と、彼女が呟く。

私はダイエットの必要を感じたことはない。

「体重が変わらないのは、肺に溜まった水が抜けてないってことなの」

肺に水が溜まっているのか、それで息苦しいのか、と思ったが、ここにきて体重計に乗ったことはない。

私の顔にクエスチョンマークを読み取ったのだろう。

「このベッドはね、自動的に体重を測っているの。ちゃんといつでも表示してるの。血圧だって同じ。適したところまで締めて、緩めて表示するの」

私は感心する。血中酸素濃度だけは、差し出されたものに指を入れて測る。

「もっとも血圧を測るときは、患者さんの腕に例の布を巻かないと駄目だけど、結果は電光で表示される」

ハイテクの病院だとこうなるのか、と思った。

「このベッドも、背中が上がるのはもちろん、足元も下がってソファーにも変身するのよ。ベッドの中にオゾンでも新鮮な空気でも送り込むことができる優れもの。日本では作ってなくて、輸入ものなんですって。一台数百万円だって聞いたことある」

「へえー」と、私はまたもや感心するしかない。

半世紀以上も昔、京大病院に入院したときは、人間の形にベコンと深くへこんだ藁布団のくぼみにわが身を入れて寝ていたものだ。医療もケア医療の進歩もありがたい。

目覚めてすぐに私は自分の手を見た。昼夜を問わず白い光がともり、明るい部屋に電気時計がかけてあるが、私には時間の感覚がなくなっていた。針は三時を指しているが、午前か午後かも分からない。私からは、いつもガラス窓を通して、明るい廊下が見えるだけ。

私の手は元に戻っていた。いつもの見慣れた手で、シミはどこかに引き揚げて、血管は明るいグレーに戻っている。皮膚の艶も健康だったときのもの。心臓が正常に酸素たっぷりの血液を運んでいる証だろう。

「心臓さん、ありがとう!」

私は生まれて初めて、自分の臓器にお礼を言った。


粥はひとつまみの塩を入れてこそ、米の甘味や旨味が出て来るものだ。何も入っていないのは、ただ水っぽいだけだ。何日目になるのか分からないが、私はベッドを起こしてICUで食事が出来るようになった。

当面、この「言語に絶する不味いもの」を食べるのが私の闘いだと思って口にした。お菜がまたひどい。冷凍の魚かチキンと、二種類の茹で野菜。これも冷凍もの。塩もしていない。ポン酢などの小袋もついていない。焼いてあっても脂も出ないバサバサの鰆らしきものや鯖らしきものを、「闘いだ、闘いだ」と自分に言い聞かせて食べた。完食とはとてもいかなかったが。

ときに私は魚の切り身に向かって問う。

「キミは何年前まで海にいたの?」

心臓のまわりの皮膚に吸盤をいくつも貼って、柿色と黒の細い線が繋がっているのは知っている。導尿されているから尿意はない。点滴用の針と採血用の針を左右の手首の血管に入れてある。左手の採血用の管は十センチほど延びたのをUの字に曲げ、ぶらぶらするのをネットのサポーターで止めている。採血は一日おきだが、点滴用の管が働いていないことはない。

手が元に戻っているのを見て、最悪の事態は脱したという実感があった。後で看護師さんに言われた。

「あのデータで戻ってきた人って、珍しいのよ」

やっぱりそうだったのかと思ったが、自分がそのとき「死」を全く意識しなかったことが不思議であった。無知の強みというものか。元来ののんきな性格のせいなのか。とにかく私は、戻ったというより「戻らせていただいた」と感じたのだ。「まだやるべきこと、書くべきことが残っているはず」と、どなたかが判断されたのだろう。あるいは先に逝った人たちが会議して?

ICUには一週間いて、その間に導尿の管も抜かれ、黒と柿色のコードも外された。わが身がどんどん軽くなっていくのが分かる。空まで昇って美しい雲に挨拶したり、晴れ渡った空を一緒に泳いだり出来そうだ。

一般病棟に移ってから、看護師さんの何人かにも「よくぞ、病棟にいらっしゃいました」と歓迎された。

病院の裏口から、そっと運ばれる割合の方が大きかったのだろう。

病室は北側病棟の北側ベッドにしてもらった。肝炎治療のおり、半年間毎日欠かさずインターフェロンの注射をした副作用で、不眠と紫外線アレルギーが何十年も解けない呪いのように続いている。

素顔で紫外線に当たれば、顔中が粒餡をまぶしたおはぎ状態になってしまう。目も鼻もどこにあるか分からない。一度そうなって、私は慌てて皮膚科に駆け込んだ。以来、紫外線に当たらぬ万全の対策をしてきた。そのせいで骨が脆くなったと知ったのは、つい最近だ。

眠るときは睡眠導入剤を二種類飲まなければ、朝までラジオを聴く破目になる。

大部屋は四人用だが、ヨーロッパの洒落た学生寮のような設計で、私はすっかり気に入った。ベッドの足元にあるカーテンを閉めれば、それぞれ「専用の窓」を持つ個室となる。専有面積は五畳半くらいか。ベッドとテレビ台、その下には小さな冷蔵庫。そこまでは定番だ。自分専用の窓は幅九〇センチほどで、高さは天井まで。一枚ガラスの開かない造りになっている。

ベッドから手を伸ばせば届く窓の下に、何十冊かの単行本が並べられるスペースがある。窓の外周りには、病院の外装と同じ渋い化粧タイルが張られた高さ二メートルほどの枠が、周りを囲んで等間隔に外に張り出している。それが、景色や空を見るのに都合のいい、切り取られたキャンバスを提供してくれる。

夜には分厚いロールカーテンを下ろすのだが、私はひんやりした夜気がほしくて、夜半にはロールカーテンを半分くらいまで捲き上げる。

部屋の真ん中にはちょっとした「広場」があり、ここがお喋りの場になる。入り口近くには、トイレと洗面所もある。

五階はこの病院の最上階である。私の窓からは北山連峰が正面に見える。だが、たいていは白い雲の向こう側で、緑から紺に至るグラデーションの初夏の山並みは、夜が明けてからしばらくしか見られない。

その代わり、雲はまぢかに様々な姿態をみせてくれた。一番対話を交わしたのは雲たちとだった。彼らは案外、素早く動く。

クレオパトラの横顔と思った雲が、看護師さんが来て血中酸素濃度を測り、血圧を測って帰ると、すでに跡形もない。一般病棟に数百万円のベッドはないが、私の使っているベッドにも、空気の入れ替えが出来る装置がついていた。ときどきモーターの音がして、マットの中に新しい風が吹き込むのが分かった。

私のお気に入りの雲は、あくまで澄んだ青空に、昔障子紙を張り替えるとき使ったのを巨大にした刷毛でさぁーっと白い絵の具を刷いた雲。巻雲、すじ雲、はね雲などと呼ぶらしい。花嫁のベールのように、青い空が透けて見える。真っ青な空に白いオーロラのようにも見えて、胸がときめく。

ひつじ雲もよく現れた。羊の群れがもこもことどこまでも続き、空中を散歩している。楽しい雲だ。「君たちどこへ行くの」と問うと、「東の果てまで行くんだよ」「日本列島を越えて？」「もちろんさ」

なるほど雲はみな、西から東へ移動していく。私の窓に現れては去ってゆく雲は姿も色も美しくて、私に喜びをくれる。分厚い大きな雲は、中にさまざまな人や生き物を隠している。「当ててごらん」と雲が言う。

スターリンが重々しい顔で髭を引っ張っていたことも、韓国のスター、ヒョンビンが顔を出したこともある。ギリシャ神話の神々や女神も。豚や猿、猫や犬などはしょっちゅう隠れている。

「太平洋によろしく！」

私は去ってゆく雲に言づける。

陽が昇る前の北側の雲は、オレンジ色に少し茜色を混ぜた色。「寝起きのお日さま」の、地球へのご挨拶。次第に紅へと変わってゆく。美しいものを見れば、コルセットで締め上げた胸から腰が束の間広がるようで、気分がいい。

夕日に染まる雲たちも、紅に灰色が混じってこれも美しく、なんと呼べばいいのか未だに思案中だ。

ちなみにこの病院は、紙のカルテをずいぶん前に廃止したらしい。それぞれがノート型パソコンを操作して、患者に関するすべての情報を掌握し、共有している。スタッフルームはオープンな空間で、看護師さんたちはそれぞれがパソコンに向かっている。周りは低いカウンターで、三叉路になった廊下からも、食堂兼談話室からも見通せる。

病棟を回るときは、自分のパソコンを専用の台車に載せて来る。夜勤の看護師さんが「体温計置いとくから測っといてね」と言い、私はすぐに測るが、集めに来るのは一時間以上経ってからだ。私はいちいち、「消えましたが三六度五分でした」と、メモを添えていた。「こんなの、いいのよ」と、何日目かの看護師さんが言う。彼女のパソコンの私の画面に、消えた体温計を近づけるとピョッと小さな返事があり、私の午後八時の体温が記録され、表示されるのだ。

彼女や彼のパソコンには、病棟のすべての患者のデータが入っているらしい。レントゲンやMRI、CTなどを撮る部屋は、それぞれ地下に二部屋ずつあった。ここも廊下の機械に、車椅子に乗ったままの私が、腕にはめたバーコードをかざせばピッと応えて、私の来たことが室内の技師さんに分かる仕組みになっている。空いている方から呼ばれて検査を受ける。

これまでMRIは暗くて、騒音を四十分ほどひたすら我慢したものだった。私はいつも「大阪の八尾空港をヘリコプターで、ただいま離陸しました（ほんとは行ったことないけれど）。やがて大阪湾に出て、美しい瀬戸内の海に点々と浮かぶ緑の島をご覧に入れましょう」と、暗闇の中で架空のリポーターをやっていた。

名前があるのかないのかも知らない美しい島々にでたらめな名をつけて勝手に紹介し、九州の五島列島まで行く。そこまで行くとMRIは終わり、長い筒から解放された。終点がなぜ五島かというと、長男の中学時代から続く親友のご両親が五島の出身で、息子も友と二人でその島を何度か訪れているからだ。周りが美しい海で、今獲れた魚も格別。

帰りは博多に立ち寄って、新鮮な魚介でしこたま酒を飲む楽しみもあるようだ。私は海が好きだから、沖縄の島々とともに、未だ見ぬ憧れの地でもある。

ここのMRIは、耳には音楽、正面の画面にはアニメが映る。単純なストーリーだが、海底で大きな魚と亀が協力して石を運び、積み上げて椅子をつくるというものだ。色彩が美しく、泡なども七色に丁寧に描かれている。石の質感とすべすべ感まで分かる。

心不全がよくなると、リハビリもあった。私は担当してくれた療法士の青年と、手押し車を押して廊下を歩き、窓から外の景色を眺めたりした。

西側の窓からは、住宅の間に田圃が残り、稲が実り始めるところが見える。稀に阪急電車が視界を横切ると、幼い子どものようにうれしかった。

そして退院許可が出たのだった。救急車でK病院から運ばれて、二十日間の入院生活であった。兵庫の息子が妹を乗せて迎えに来て、支払いなどをやってくれた。家族も病室には入れないので荷造りも自分でやり、スタッフルームにご挨拶もして、いつも行く寿司屋に三人で直行した。

背骨の二ヶ所が、転倒もしないのに骨折していることは知っていた。知ってはいたが、それまでは痛みもなかったので、忘れようともしていたのだ。突然それが痛みだしたのは、退院九日目であった。骨たちは一ヶ月近くも我慢を重ねていたことになる。

日曜日なのに電話で様子を聞いてくれた診療所のドクターに話すと、救急車で明日の朝、M病院に行くよう強く言われた。忙しい月曜に看護師さんを派遣して、私が救急車に乗るのを見届けてもくださった。

分かったことは、骨折した二ヶ所とも骨髄炎を起こしているという事態である。病名を訊くと「化膿性脊椎炎」と言われた。

「退院などしないで、『整形に回してください』と言えばよかった」と私は悔やんだ。悔やんでも時間を巻き戻すことは出来ないのだから、私は今まで「悔やむ」ことはなかったが、これればかりは悔やんだ。そうすれば、後々この世にいる限り続く痛みも、なかったかもしれない。

一日の時間が普通の人の三分の二しかない。一時間起きて何かをすれば、二時間横にならなければ激痛が襲う。ただ横になっても本は読めるから、三分の二としたのである。

焦げそうに暑いと言われた七月十一日、救急車で再入院。病院の五階も結構暑かった。室温は二五度に設定されていると言うが、廊下との間の広いドアは開け放され、向かいにシャワー室が二室、洗髪室も二室あるのは各階同じ。心臓で入院していた時の「ささやかな探検」の結果、分かったことだ。部屋の湿度も高そうだ。

整形外科に再入院した私の部屋は、偶然にも心臓内科で退院まで過ごしたのと同じ部屋、同じベッドだった。主治医は、枕元の名札でHという医師だと知った。だが、背骨の手術をしてくれたのは別のA医師である。

A医師はオペ専門といってもよく、ほとんどの時間を手術室で過ごし、特別の患者だけを外来で診察していると言う。

七月十五日に手術と決まり、その三日前、背骨がどうなっているかを見るための予備手術を受けた。骨の状態を見てオペの方針を決めるのだろうと、私は理解した。

皮膚を切るだけの傷口の痛みは何ということもなく、私は廊下を歩いて西山を見たり、稲の穂を見たりした。稲は早くも実り、四角い田圃全体が黄緑に見える。

翌日、二人の息子と妹にはA医師から詳しい説明があったという。二男は職場を抜けてきたのだろう。一時間以上の説明で、誠意ある態度だったと揃って言う。

整形外科学界で三番目に難しい手術だが、と自信満々で言われたと息子から聞いた。だが私はその席に呼ばれなかった。自分の体がオペを受けるのに本人抜きの説明とは何事、と私は今も釈然としない。八十八歳の婆さんには説明しても分からないと決めつけたのだろうか。今まで受けた手術は数々あるが、すべて私と家族の誰かがついて二人か三人で説明を受けてきた。当人ぬきは初めてだった。

この手術をしなければ「寝たきり」になる、と主治医に宣告された。術後、急性期の痛みが半年以上続くと言われても、寝たきりよりはましである。

私が看護師さんに、呼ばれなかった不満を漏らしたのがA医師に伝わったのだろう。手術を受ける前日、レントゲン検査から戻ると、テレビ台の引き出しにA４用紙三枚の「手術説明書」が入っていた。後で妹に、説明会のときのレジュメかと聞くと、そんなものはなかったと言う。

ならばA医師が、私一人のために作ってくれたのだろう。私の受ける手術は「胸腰椎後方固定術」と呼ぶらしい。その中身は、次のように説明されていた。

「感染した椎体椎間板腔は不安定な状態となっています。感染による脊椎支持組織の破壊を最小限にし、出来る限り早期の鎮静、治癒を図るためには、内固定による骨折部位の不動化が必要です」

だが、これで具体的なイメージを描くことが私には出来なかった。退院後、通院してCTの映像を見て、初めて私も納得できたのだった。

映像を見ると、たとえば生の貝柱がきれいに積み重なったような「骨」がある。縮んだ干し貝柱が二ヶ所にあって、それぞれが上下を薄い金属板に挟まれているのだ。金属板を支える棒が、背骨の両脇に差し込まれている。

寝ているとコルセットの締め付けの方が気になる程度で、痛みというほどではない。だが身を起こして食事をすると、最初は十分でベッドに倒れこんだ。それも椅子の背に三日月や菱形のクッションを挟み、当たるところを次々変えてのことである。背中から腰にかけて、鰐かライオンに噛みつかれ、肉を食いちぎられるような激しい痛みだ。でも本当に食いちぎられたら私は失神するだろう。

入院中は十分で食事を済ませ、しばらく横になってから、歯磨きやトイレも十分以内で終わらせた。洗面は前かがみにならないと水道栓の開閉が出来ないため、一ヶ月以上は化繊のおしぼりをもらって顔を拭くだけ、もらった冷水で口を漱ぐだけ。それを五分刻みで延ばし、起きている状態を一時間キープできるようになって退院した。シャワーも一人で浴びられるようになっていた。

主治医に「私はどういうオペを受けたのでしょう」と尋ねて得た回答と、家族が受けた説明には大きな違いがあった。私は主治医も手術に立ち会い、その経過もみんな知っていると思い込んでいたのだが。

私はオペをしてくれたA医師には一度も会わず、今も顔を知らない。手術後の傷口を毎朝看護師さんが点検していたから、それで良しとしたのだろう。主治医のH医師も、傷口を見たのは抜糸のときだけだ。

手術から二週間が過ぎて、一週間に一、二度顔を見せる主治医であるH医師に、「抜糸はいつですか」と尋ねると、「今からしようか」と言ったので、私はコルセットを外し、巻いていたバスタオルを取ってうつぶせになった。

H医師はそのとき、「A君はどんなオペをやったのかな」と言ったので、私はH医師が立ち会わなかったのを知った。

ツンツンした感覚が二十五、六回あって、すぐに抜糸は終わった。

退院してから息子がスマホで撮ってくれた写真で、私は初めて二五センチほどの背骨真上の傷跡を見た。

「汚い背中やね」

私は初めて見る自分の背中にうんざりした。背中にもいくつかシミが出ていた。


手術の夜は一晩ＩＣＵにお泊りだった。看護師さんが懐かしがってくれた。変事はなく、翌日一般病棟に戻った。数日後、それまで使っていたベッドをまたいで、食事や冷水入りのコップを置いたり、必要な書類に署名したりする台が撤収された。まだ動けない患者に必要なものが不足しているらしい。「ごめんね。オペから帰ったばかりの人に必要なの」と看護師さんが謝りながら押して行った。

それで私はベッドから下りて、テレビ台の下から引き出せる板に食事の盆を置いてもらい、車椅子に座って食事をすることになった。そのためにはテレビ台を九〇度動かす必要がある。食事前には看護師さんが来てセットしてくれるのだが、あるとき男性の看護師が配膳に来た。

この台を入り口に向けて、車椅子に腰かけて食事をしているのだと私が説明すると、彼はやってみたが思ったより重かったらしく、「こんなこと、いちいちやってられん。三度三度、こんなことやってるの」と、不満そうに言った。「女性の看護師さんがいつもやってくださってますよ」と私は声に出さずに呟いた。現代風の青年で、髪を黄色に染めてオカッパ風にカットしている。自分では「イケメン」のつもりなのだろう。

以後、彼は二度と私の食事を運んでこなかった。同じ部屋には来るが、私のところで余計なエネルギーを使いたくないのだろう。

同室の向かいのベッドに、食欲のない年輩の人が数日いたことがある。その期間に彼の声がした日があった。「○○さぁん、ほら、ジュース飲もうか。ゼリーだけでも食べようか」と聞こえる。

私は口元までスプーンで運んでいるのかと思ったが、カーテンの隙間から見える彼は、椅子に座ったまま唄うようにそう言っているだけだった。「彼は職業を間違った。看護師には最も向かない人だ。彼はなぜ看護師になったのだろう」と私は想像した。年上の女性看護師の貯金を狙って？　と思った自分が嫌になった。「男性の方がやさしいって？」。要領だけのこんな人もいるんだよ。私はひとり呟く。

手術後一週間目に、五階の看護師長さんが私を訪ねてきた。制服の色が一人だけ違っている。

彼女の用事は、京都市内の看護師学校からこの五階で二人の学生を二週間預かることになった、実習生として男女の二人を割り当てられている、その一人をあなたに割り振ってもいいだろうかという話である。

「いいですよ」と私は即答した。

「看護師がやったことをまた学生がやるので、二重の時間をかけることになります。うるさいとか、面倒とか思われたら、途中で降りることもできます。遠慮なく言ってください」

私にすれば願ってもないことである。

「いろんなことをお話してもいいんでしょうね」と私は念を押した。

「もちろんです。人生経験豊富な方から学ぶことは多いでしょう。男女どちらがいいですか」と聞かれたので、私は女性がいいと答えた。

五階の患者は、トイレも車椅子を押してもらって行くのである。部屋にもトイレはあるが、車椅子を介護者が押して入れるトイレは、廊下の五メートル先にある。用が済めば自分で流し、車椅子に移ってボタンを押す。体の清拭もある。若い男性には、まだリアリズムではなく、夢を見ていてほしい。

翌日、カーテンの向こうから「ごめん下さい」と男性の声がした。「どうぞ」と答えると、カーテンが開いて、三十代後半の男性が立っている。私が学生を受け入れたので、看護学校からのご挨拶なのだった。恐縮し、「仲良くやっていきますよ」と請け合った。

週明けの月曜日、彼は再びやってきた。若い女性を連れている。この病院のローズ色の制服ではなく、真っ白なナース服姿だった。彼女は、その日の私の担当看護師さんにくっついて、やることを見た後、また一人で血圧や血中酸素濃度などを測りに来る。

最初は、「今は寮か何かに住んでるの？」「自宅から通ってます」「ああ、京都の人なんだ。京都のどこ？」という会話から始まった。

彼女は、よく気の付く優しい人だとすぐに分かった。定番の血圧や血中酸素濃度などを測る看護師さんのあとをついて、観察しては手帳に何やら書き込み、五分後に今度は一人でやってくる。丁寧なお辞儀をして、

「すみません。またもう一度、同じことを測らせていただきます」

彼女は真剣に、緊張して血圧計の布を巻く。手が少し震えている。

「学校のお友達同士で何度も練習したでしょう」

「でも、本物の患者さんで測るの、初めてですから」

私はクスッと笑う。可愛い！　彼女の緊張もそれで解けたようだ。

測り終えると、「ありがとうございました」とぺこりと頭を下げて帰ってゆく。ここでは一日おきに「足を洗いましょう」「身体を拭きましょう」「お着替えをしましょう」と看護師さんが来るのだが、私のところだけは、学生さんと二人がかりでやってもらうことになる。なんとも豪勢なことである。代わりに私は、戦争中、ただの盲腸の手術で死んでしまった青年の話をした。

河上肇博士とともにヨーロッパに留学された、当時大阪商科大学教授の河田嗣郎氏のご長男のことである。

盲腸の手術はもちろん成功だったのに、石炭の配給がなくなったことで、病院全体を暖房するボイラー施設がその冬、止まっていたのだった。

無謀な戦争はたちまち旗色悪く、真冬の大病院に暖房がなかったのである。いくつかの火鉢などで湯を沸かしたが、広い手術場を暖められず、ご長男は風邪から肺炎をおこして亡くなられた。

私はこのことを河上先生の著書で知ったはずだが、この原稿を書くのに確かめようと、『自叙伝』も『晩年の日記』も広げてみたが見当たらない。大慌てで斜めに読み返したので、見落としたのかもしれない。河上先生もご長男を亡くしておられ、辛い弔問だったろう。

河田家の前で出棺を待つ人たちが「あ、河上先生だ」と囁き合い、どよめきとなった中を通って玄関を入られた。私は何かで確かに読んだ。モノクロのニュース映画を見たように、リアルな場面となって脳に焼き付いている。思想が悪いと治安維持法違反で逮捕され、河上博士は三年九ヶ月の獄中生活を終えられて、東京から住み慣れた京都に移られてからのことに違いないのだが。もちろん妻の秀さんも同行されていた。

「戦争ってね、兵隊さんが鉄砲を撃ち合うだけじゃないのよ。何もなくなる、全部軍隊最優先やから。食べ物がなくて、自分の庭でカボチャやイモを作った話は聞いてるかもしれんけど、普通の市民がなんでもないことで命を落とす。戦争ってそういうものなのよ」

「そうなん……」

彼女は、遠い昔話を聞いている気分だったろうか。

学生は岡本さんと言った。彼女はもう試験に合格して、このM病院で来春から働くことが決まっているという。「抜けるように」という形容詞は、彼女のためにあるように色が白く、透明感のある肌の持ち主である。

「看護師さんには何が一番大切と思う？　もちろん看護する人が健康でないと出来ないよね」

彼女は一所懸命に考えていたが、恥ずかしそうに「分かりません」と言った。

「私はね、看護師さんに一番必要なのは想像力だと思うのよ。想像力は人間だけが持つ能力で、誰にでも必要なものだと思う。

でも具合の悪い患者さんにとっては、身近な看護師さんに管理されるのではなくて、痛みや不安、展望などを分かっていてほしいの。看護師さんが共有するには、想像力が必要でしょう。この人は今どういう状態で、何が辛いのだろうかと想像してくれる看護師さんが、患者にはわかる。あんまり患者にくっつきすぎると看護師さんの身が持たないと言う人もいると思うけど、こういうハイテク病院だったらなおさら、看護師さんの役割が大きいと思う。お着替えや、足を洗ってもらうとうれしいのも、気持ちがいいだけじゃなくて、スキンシップがあるからだと思う。

患者はね、看護師さんの笑顔一つで、とっても励まされるの。長くいる患者ほど、そう。それに今はコロナで家族とも面会できないでしょう。友達ともメールでつながるだけ……」

「よく分かります」

真剣に彼女は頷き、続けた。

「私にもできることを教えてもらって、嬉しいです」

「でもあまりに忙しすぎると、そんな余裕がなくなるのよね。イソガシイ、イソガシイのオーラを撒いている看護師さんもいる。そんな人にはちょっとした頼み事もできないのよ。だから人間を介護するのに必要な人数を確保することも、病院の役目だと思う。岡本さんはとても優秀で素敵な看護師さんになる。私が保証する」

彼女は、体の中に灯りがともったような笑顔で、「ありがとうございます」と言った。

彼女に対して、私は丸裸である。体を拭いてもらい、着替えをさせてもらったり、深いバケツで足を洗ってもらったりしている。

私は使っていないが、ボディシャンプーというものがある。ビニール袋にそれを少しと、同量くらいのお湯を入れてよく振ると、袋の中は泡で埋め尽くされる。更に振ると、泡が次第に細かく固めになる。その泡を丁寧に私の足に塗り付けて、撫でさするようにスポンジで洗ってくれる。そして、温かいお湯の入った深いバケツに足を入れて濯いでくれるのだ。私はいちいち「気持ちがいい」とか、「丁寧に洗ってもらってありがとう」とか、反射的に言っている。

私にできることは、私の現状を晒しながら、彼女に何かを話しかけることだけだ。彼女に届き、響き、忘れられない言葉を贈ること。それしかない。彼女は何でも手帳に書いている。私の言葉も記録し、時には思い出してくれるだろうか。

そして彼女とお別れの日が来た。午前中は血圧や血中酸素濃度を測りに来た。二週間といっても土、日はお休みで、あっという間の日々だった。

「今日も働くの？」

「午後三時に学校に戻ることになってます」

「そう。お元気でね」

私はそれで、彼女とのお別れは済んだと思っていた。午後は、八時間おきの抗生物質点滴の合間、リハビリに行くまでの二時間が、私の貴重な読書タイムである。文庫本を妹から次々に送ってもらっている。友達が絵葉書を病室あてに送ってくれる。自筆の絵手紙をくれる人もいる。封書で手紙をくれる友もいる。返事はメールで送るだけ。

背骨の手術後二週間が経って、ぼちぼち痛みもなくなった頃だろうと思われているらしい。私は絵葉書や絵手紙を窓ガラスの前に並べて愉しんでいる。

岡本さんがまだ白衣のまま、部屋に飛び込んできた。

「今度こそ、お別れです」

彼女は体を起こした私に抱きついてきた。

「私でお役に立ったかしら」

「最高でした！　一生忘れません」

「ありがとう。私もよ」

顔を離した彼女の頬を、幾筋もの涙が流れていた。

「お元気でね」と互いに言い交して、二人は手を取り合った。次第に彼女は後ずさりして手が離れ、くるりと回ると走り去った。

私は彼女から美しいプレゼントをもらった。だから元気で、これからもやるべきことをやろうと思う。

彼女にはまた会いたいと思う。「患者と看護師」ではなく、年の離れた友達として話したい。彼女は看護師の経験から、人間としての深みを増しているに違いない。その成長をともに喜び合いたい。


目覚めると、自分の手を見る。それが朝ごとの習慣になった。あのべったりのシミはどこへ行ったのか。

残念なことに、一部は顔や首に移動した。右手も痛い。日に何度もコルセットを外し、また付け直すからである。椅子に座るとコルセットがせりあがって、喉元まで圧迫する。

毎晩そこいら中にシップと懐炉を貼り、ベッドに入る。

夕方になると痛みがガシガシと音を立てるように強まる。背中にもたれるものがないと、特にひどい。家の中には手押し車がないので、壁を伝ってよたよた歩く。

「オペからもう一年過ぎたんだよ。少しはあんた、ぼちぼち枯れたらどうなのよ」

私はイタミ君に文句を言う。痛みを自分から離して客体とし、擬人化して何とか手なずけようとの魂胆である。だがテキもさるもの。

「おいらは今も青春真っ盛りよ」

イタミ君は毎度飽きずに、のたまうのである。

テンポラリー・マザー

（一）

五個の立派な玉ねぎを微塵に刻み、三本の人参と九個のジャガイモの皮を剥く。今夜は子どもたちの大好きなカレーである。「森の家」全体のメニューもカレーと胡瓜のサラダだが、松尾千紗子は発熱でもしないかぎり、いつも「たんぽぽホーム」で調理する。そうでなければ子どもたちは、リズミカルな包丁の音を聞くこともなく、カレーもその他の料理も一切、本部調理室から「蓋付きバケツで運ばれてくるもの」だと思うだろう。バケツからではなく、鍋から皿に盛らなければ、料理ではなく餌になってしまうと千紗子は頑固に思っている。児童養護施設だから仕方がないのだと、割り切れない。「森の家」を構成する五つのホームのうち「たんぽぽホーム」以外の四つのホームは、本部からの「給食」を受けている。離乳食をつくらねばならない「キッズルーム」と「たんぽぽホーム」だけが、その日の食材を本部調理室からもらってきて、台所で調理しているのである。

そうでなければ子どもたちは、カレーと言えば「おうち」のある子どもが盆と正月の「実家帰り」で出される、お湯の中にちゃぽんと入れて温めるだけのレトルト食品しか思い浮かべないだろう。育児放棄された彼らにとって、正月にレトルトのカレーが食べられるのは、まだましな方である。スーパーの試食品コーナーを何度も回って空腹を満たしたり、スナック菓子を三食食べて戻ってくる子もいる。コンビニで「弁当」を買ってもらえるのは、「大きなご褒美」だった。「たんぽぽ」に帰って「やっと飯らしい飯が食えた」と言う子どもたちの声を、千紗子はいつも複雑な思いで聞く。

それでも彼らは「今度家に帰る日」を楽しみにする。まだ何ヶ月も前から、「あと何日……」と親に会える日を待ち望むのだ。

携帯電話は持っていても、家に包丁やまな板という調理器具がなく、ガスコンロさえここではじめて見た子もいた。もちろん母親が台所に立つことがないのだから、野菜や魚をさばくなど「テレビの世界」のことである。

ここで育った千紗子自身がそうだった。野菜は洗ったり皮を剥いたり、ものによってはあくを抜いたりするものだとは、何一つ知らなかった。高校卒業と共に施設も出たが、勤務先も賄い付きの呉服商を選んだ。二十歳で結婚するまでの長い間、出されたものを食べるだけで、ご飯が炊きあがるときの甘い匂いや、出汁に味噌を溶く匂い、ごま油が鍋の上ではぜる音や匂いを知らなかった。だから自分を入れて十三人分の食事を、子どもたちの見えるところで作りたいのだ。五十歳になった忙しい身体に負担をかけているのは自覚しているのだが……。

朝食は簡単なパンと牛乳。季節によっては園内で収穫した柿や無花果、苺などのささやかな果物、窓の下の狭いスペースだが、草花とともに苺を植えていて、季節にはいくらかの「収穫」がある。冬にはミカンなどが付く日もあるが、たいていは果物とは無縁だから、「収穫物」は貴重だった。

「たんぽぽホーム」は現在、他のホームより二、三人少ない。「キッズルーム」の子が三歳になったら、あるいはどこかで放置された子どもがいれば、ここが受け入れるということである。

現在十二人の子どもたちのうち、保育所と小学校に通う八人を除いて、中学生と高校生四人分の弁当も、千紗子はつくっている。ここで調理すれば、無理に手伝わせなくても、普通の家庭で育つ子どもが知るはずのことを彼らも自然にわかるだろう。

流しに向かう千紗子のエプロンの右端を、いつものように翼がしっかり握っている。右手の親指を吸いながら。ご飯を食べるときと「オハナシ」をするとき以外、眠っているときもおそらく彼は親指を吸っているだろう。いつも吸われている彼の指は、皮を剥いた生蛸のように白く、吸盤に似た吸いだこができている。

親指だけは彼を置いてきぼりにせず、片時も彼から離れることはない。

「マッチョせんせー」

翼は三歳までの子どもたちが共同生活をする一階の「キッズルーム」から、日に何度も階段を上って「たんぽぽ」にやってくる。大規模になった「森の家」は、団地のようにコンクリート二階建てが四棟並ぶ。東端が本部事務所や診療室、会議室やボランティアの休憩室もある。あとはそれぞれホームが入り、一番西側の建物に「たんぽぽ」と「キッズルーム」が暮らしている。

赤ん坊から三歳までの子どもは「キッズルーム」に十八人もいて、もうすぐ三歳になる翼は中々かまってもらえない。保母は子どもと同数いるが、何しろ二十四時間の世話がいる。だから翼は日に何度も、手すりを掴んで二階に上がってくる。

千紗子も忙しくてゆっくり相手になれないが、もうすぐ「たんぽぽ」の一員になる予定の翼が、メンバーに慣れておくことは必要だろう。いつもくっつかれていると翼が可愛くて、これこそがこの仕事の醍醐味だとも思うのだ。洗い物や下ごしらえをするときは、一対の置物のように翼がエプロンの端を握って、親指をしゃぶっているのだった。

今週の火曜日に取材を受けた翼の記事が、今日金曜日の紙面に掲載されていた。昼に千紗子は事務所でその記事を読んできた。事務所でも何度も見たに違いないのに、施設長までが集まってきて、「指をくわえていない翼の、最高の笑顔」の写真を褒めた。翼の唇から指を取り上げた千紗子の「技」ともいえないものが、称賛された。

「亀の甲より年の功ですよ」

千紗子は照れて、トシヨリ臭いことを繰り返した。

全国紙であるM新聞に「あなたの愛の手を」という欄がある。「実家」を持たない各地の施設の子ども年間約五十名が、金曜日ごとに登場する。一人でも多くの子どもが「家庭」を知り、そこで育ってほしいと願ってつくられた、長い歴史を持つ欄である。掲載された子どもの七割近くが養親や「週末里親」のもとで暮らす実績がある。

ただそれを見て「この子を育てたい」と名乗り出ても、ことは簡単ではない。どんな人に養育されるかは、その子の人生を左右する問題だ。労働力としてこき使われたり虐待を受けたり、最悪の場合「臓器」として売り飛ばされる危険もあり得る時代である。だから、児童相談所や第三者機関である「家庭援護協会」がすべてに渡ってチェックし、仲介するシステムになっている。

翼は満一歳になったときも、取材を受けた。たいていは新聞社の社会部新人が担当する。カメラマンも兼ねて、最も可愛い表情を撮ろうと苦労する。施設の職員や保母も、担当の「家庭援護協会」の職員も、彼の運命が変わるかも知れない「そのとき」に立ち会う。

一歳の翼は、とっくに親指をくわえていた。頭が長めで少しゆがんでいることには触れないで、「夢見るような大きなおめめ、ばら色の頬っぺの翼君」と若い記者は書いてくれた。だがカメラのレンズをみつめる翼は微笑みさえも浮かべていない。「キッズルーム」の保母が玩具を手に名前を呼び、何度もおどけて見せたが駄目だった。何とか笑わせて指を離した瞬間を撮ってもらおうと奮闘したのだが、翼はカメラというものに馴染んでいない。

普通の家の子どもなら、満一歳になるまでに数々の節目で、写真はもちろんビデオカメラにも馴れているだろう。おまけに職員が「お誕生会」で写す「使い捨てカメラ」ではなく、記者のカメラは飲み込まれそうにレンズが大きい。翼は親指と一緒でも、身構えて身体を硬くしているのがわかる。

その無愛想な写真でも、何件もの問い合わせがあったのだった。ただ児童相談所で実施した

「発達検査」で、翼は「発達遅滞」と判定されている。子どもがいなくて「跡取り」を欲しがっている夫婦は、それで即、自ら退場だった。

もうすぐ三歳になるという時点で、翼は再度の取材を受けたのだ。発達診断も受け、やはり少し知的障害があると認定された。長めの頭はしっかりと生え揃った髪が覆い、少しも目立たない。大きな瞳は白目が青く、この瞳には美しいものだけを映していたいと思わせる。ただどこか、身体の中心線がずれていると感じられる動きがある。具体的に、ここがおかしいと指摘できない微妙なことなのだが。

いつからか翼が「たんぽぽ」に来て、食事の前に帰ってゆく。そしてお別れの儀式に、千紗子と「あくしゅ、バイバイバイ」をやるのが日課となった。うたうように大きな声で、「あくしゅバイバイバイ」と二人は握り合った両手を左右に振って、しばしの別れを惜しむ。

再度の取材が決まってから、千紗子は「あくしゅバイバイバイ」の後ですかさず「ジャンケンポン」をすることにした。翼はどういうわけかいつもグーを出す。だから千紗子はいつもハサミを出して、「あ、負けたぁ」とのけぞって、得意気な翼を送り出す。

今回もその手を使ったのだった。「技」などと言えるほどのものではない。直前まで「あくしゅバイバイバイ」をやり、ぱっと離れて「ジャンケンポン」をした。千紗子が「負けたぁ」と叫んだのは言うまでもない。だから、翼の右手は写真ではカットされているが、グーの形で突き出されているはずだ。すかさず何回もシャッターが切られたのだった。

（二）

新聞に載っても、里親希望者が現れない場合もある。「可愛い女の子」は人気があり、三歳を過ぎた男の子はむつかしくなる。だから、実家のない子は三歳までが「勝負」なのだ。

満三歳になると、「ホーム」のどこかに配属されて、異なった年齢の子どもたちと「家族」として暮らし、一般の保育所に行く。小学校、中学校、高校までを同じホームで暮らすのが原則だ。それまでに「里親」や「養親」とめぐり合う子もいる。実親が引き取りに来て、去っていく子もいる。高校卒業後、即「労働力」となるのを待って、迎えに来る親もいる。それでもその子はみんなに羨ましがられ、拍手の中を得意げに本部前ロビーをひと巡りして、ヒーローのように手を振りながら、親の車に乗り込んでゆく。

今日のM新聞に載った翼を見て、また「家庭援護協会」に何件かの問い合わせがあるだろう。そして、おそらく二年前と同じ結果に終わるだろう。あの写真だけは記者さんにお願いして、翼のために記念にもらっておこう。

「麻衣ちゃん、今日のお迎え誰だった？」

全国どこに「養子」に行ってもいいように、ここでは保母も事務所の職員も、一応「標準語」を使うことになっている。のれんの下を覗いて千紗子は「リビング」に声をかける。翼も同じようにかがみ込む。部活で帰りの遅い中学生は当てにならず、大学に進学したい高校生はアルバイトで忙しい。高校を卒業すればホームを出て、自力で生きてゆかねばならない。アパートを借りる敷金や礼金は、ホームにいる間に準備しなければならず、学費も必要だ。だから小学校高学年の子が順番に「保育所にお迎え」に行くのである。

返事はなく、テレビの音が一段と大きくなった。今日の当番は、三ヶ月ほど前に入った麻衣子なのだろう。ちょうど見たい番組の、面白いところをやっているのだろう。だからと言って他の子を行かせる訳にはいかない。

「ほら、時間よ」

「勝手に帰ってくるよ」

言葉だけが返ってくる。

「お迎えに行って！」

外は曇っているが、まだ明るい七月の初めである。梅雨はまだ明けず、昼過ぎまで時折降っていた雨も今は止んでいる。「たんぽぽ」の三人だけでなく、「森の家」にある他の四つの棟の八クラスの子も全部同じ保育所だから、誰かがみんなを連れて帰ってもいいのである。また集団だから、誰も「保護者」がいなくても帰ってこられる。「森の家」のある山の麓、横断歩道のある県道を渡ればもうそこが、Y町立の保育所だ。道路を渡るときだけ保育所の保母さんに頼めば、後はホームに続く道を上ってくればいい。道のない熊笹の中へはずれなければ、危険はない。だが一般の保育児童が誰かの「お迎え」で帰っていくように、「森の家」の子もそれぞれのホームの「家族」の「お迎え」で帰らせたい。

それと千紗子がこだわっているのは、自分の経験から、保育所から帰るひとときに「擬似姉妹」「兄弟」の経験を積み重ねて欲しいと思うのだ。本当の「家族」にはなれないとしても……。

「お迎え」に来てくれた子は、面白いことをしていた最中であったかもしれない。でも千紗子はお迎えに来てもらうのが嬉しかった。四歳で「森の家」に来たから、一年半程の保育所通いであった。兄も姉もいない千紗子にとって、随分大きく見える「お兄さん」や「お姉さん」と一緒に山道を歩くだけで嬉しかった。現在のように簡易舗装もされていず、溜まった落ち葉で滑りやすくもあった。今日のような雨のあとは、千紗子たちを待ち構えていたように、張り出した枝から水滴を垂らす木があった。そんなときはわざと、お迎えの子にしがみつく。

四歳の子が施設で生きる知恵であったと思うと、最年長の保母である今でも、ちょっぴり切ない。母親がここに連れてきてくれたことが、まだ千紗子の支えであった。たいていの子はどこかで棄てられていた。「ちょっと待っててね」と言われたまま、母親だったり父親だったり親戚だったりは、二度と姿を見せなかった。警察に連れていかれ、児童相談所に回されて、ここに来た。だから千紗子は母親を恨んだことはない。ただ、こんな施設があるためにここに来なければならないと「森の家」の存在を恨んだ。施設がなければ、千紗子も母親の再婚先に連れて行ってもらえた筈だ。三歳の弟がそうだったように。

歌が好きで上手な奈美という子は、いつも千紗子と手を繋いでくれた。木陰の道を歩きながらよくうたっていた。

「みんながね、知ってるよ。『森のお家』は天国だ、お空がね、近いから、ただそれだけのことだけど……」

千紗子はそれがテレビコマーシャル「ミゼット」の「替え歌」だと知っている。だから、嬉しそうに、おかしそうに笑わねばならない、とわかっていた。よく通るきれいな声でうたわれると、本当に嬉しくもあった。

「奈美ねえちゃんの歌、だーい好き！」と言う才覚もあった。そうすると、奈美は千紗子の手を大きく振って、いっそう声を張り上げる。

「ミーンミーン、蟬だけはどっさりいるよ、それが天国のしるしなのさ」

本当の姉妹ではないが、その一瞬だけでも生まれたときからの姉だったと感じられる。他にも保育所帰りで一緒だった子はいたはずのに、千紗子の記憶ではすっかり消されて、濃密な二人だけの世界になっている。帰り道で野菊を見つけて摘んだこともあった。

「奈美ねえちゃん、ハイ」

別の子がお迎えのとき、持ち帰って奈美に渡したこともある。奈美は歌手になりたいと言っていた。奈美が本当の「歌手」になってコンサートでうたうことがあったら、抱えきれないほどの花を束ねて持っていこう。それまでは道端の花で我慢して、と言いたいのだけれど、そんなことは言えない。リボンも何もない、ちぎっただけの野菊である。

男の子もよく歌をうたった。「ありがたや節」というのが流行って、そのメロディーでうたうのである。

「うーれしいやの嬉しやの　肉なし肉じゃが嬉しやの　うーれしいやの嬉しやの　昨日ヤスが着たシャツ、今日はぼく」

誰が作ったのかわからない。ヤスのところはマコになったりヒデになったり「歌い手」によって変えられた。だが千紗子の記憶に鮮明な二つの歌は、いま思い返しても子どもが作ったとは思えない出来栄えだ。当時の児童養護施設というものを、よく言い当てていると感心する。

「あーんぽ　はんたい。あーんぽはんたい」というのもあった。これは替え歌ではないけれども、当時はテレビによく映ったから、訳もわからず子どもたちも唱えたのだった。そう唱えながら山道を登ると、ちょうど具合がいいのである。

保育所に行くときはうたった覚えがない。朝は一人の保母さんが「森の家」の「保育所行き」を行列させて連れて行くから、歌をうたえば睨まれた。「忙しい、忙しい」が口癖だったから、子どもたちが暢気そうにうたっているのは腹立たしかったのだろう。

あの頃の「森の家」には、まだ「孤児院」という雰囲気が色濃く残っていた。世の中のお恵みを受けて、ご飯を食べさせてもらっているのだと子どもたちは感じていた。何かにつけて保母さんもそう言った。だから、保母さんの前では「大きな顔」はしてはいけないのだった。「あんたたち、誰のおかげで……」と毎日言われた。

わたしならこうはしない！　千紗子は子どもの頃から、この施設で働こうと思っていた訳ではない。若い頃は考えてもみなかったのに、なりゆきでこうなった。でも子どものときから密かに、千紗子はわたしならこうはしない、といちいち思っていた気がする。

現在の自分を、あの頃の幼い千紗子が支えているのかもしれない。恩師に言われたように。調理室で全部の分をつくってくれるのに、頑固にわざわざ忙しくして、自分で調理をしたり弁当を作ったり……。

千紗子の中学生だったときの弁当は、いつも決まっていた。梅干と塩昆布、それに醤油をかけた鰹節のつく日とつかない日がある違いだけ。弁当箱の蓋で隠しながら、そそくさと食べてしまうのが常だった。蛸足のウインナソーセージや卵焼きは、「お誕生会」の日だけのご馳走だった。

筍の季節は、自分たちが下の藪からとって来たもので「筍ご飯」が炊いてもらえた。といってももちろん当時は木造二階建てでホームに炊事場もなく、当番がバケツで運んでくるのである。土の上に顔を出した筍だから、独特のえぐみがあったが、それでも嬉しい季節の香りだった。

自分が幼い子どもだったときは良く覚えているのに、高学年になって「お迎え」に行ったことはほとんど覚えてない。その頃にはすっかりここの暮らしに慣れてしまったせいか、学校や友達関係の方が大きな存在だったからだろう。

（三）

「あと何分で行く？」

千紗子はもう一度のれんの下から覗き込む。

「ウッセーな！　ジグロ！」

麻衣子が舌打ちする声が聞こえたが、聞こえなかったことにする。だが、野菜をざるに入れながら、思わず千紗子は言ってしまった。

「いろが黒いのは仕方がないけど、せめてメキシコ風美人とか、ポリネシア系美人だとか言えないかねえ」

「けっ、美人はいらねえよ」

麻衣子は言ったが、これまでの口調より余裕が感じられる。対話らしきものが成立した。これでいいのである。

「それで、何分後？」

もう一度声をかける。翼も親指をしゃぶったまま小腰をかがめている。麻衣子がチラと視線を動かして、時計を見た。

「あと五分」

と言葉を投げて寄越す。

「じゃあ、お願いね」

と、千紗子は、二升炊き炊飯器のスイッチを入れる。

「マッチョせんせー」

翼が千紗子を見上げている。彼の聞きたいことはわかっているが「はーい」と返事をして、彼の話すのを待つ。

「今日は何曜日？」

「金曜日よ」

翼が一秒の半分ほどの間、かすかに笑って親指をくわえなおす。千紗子は土曜日の午前中から月曜日の早朝まで「森の家」にいない。千紗子が突然いなくなるのを恐れるのか、翼は同じことを毎週二度ほど繰り返して聞く。

今日のM紙に自分のことが載っているのを、翼は知る由もない。だが「森の家」の子どもたちは、見知らぬ人が来ることに敏感だ。カメラを持った記者には特に敏感に反応する。新聞の記事を見たことはないはずだが、誰かが呼び出されて写真を写される。するとやがてその子のところに、ボランティアさんとは違うどこかの大人が訪ねてくる。頻繁にやってくるようになり、一緒に晩ご飯を食べたり、風呂に入ったりする。そんなことが続くと、やがてその子はいなくなる。それがどういうことなのか、保育所に行くほどの年齢になれば誰でも知っている。

そしてことの始まりは、大きなカメラをぶらさげた記者なのだ。彼の目に止まらねばすべては始まらない。誰が教えたのでもないのに、彼らが経験則として学んだことなのだろう。だから、記者には自分をアピールしなければならない。一斉に走り寄り、「僕の写真撮ってくれる?」「わたしを写して!」と叫ぶ。翼はぽつねんと指をくわえて遠くで見ている。

月曜から金曜の夜まで、千紗子は二十四時間勤務と言ってもいい。風邪の流行る季節や、誰かの具合が悪いとき、誰かが問題を起こしたとき、また新しく「森の家」に来た子が「たんぽぽホーム」に配属されたとき、千紗子はほとんど眠る暇もない。土曜と日曜が千紗子の休みの日で、その間、車で二十分のところにある自分の家に帰るのだ。その間だけが千紗子の休日だった。ひたすら眠ってばかりの週末だが、それが許される夫婦の関係である。

(四)

何を見なくとも、夕方の天気予報だけは見逃さない。明日は梅雨の晴れ間の晴天だと聞いて、千紗子は思わずバンザーイ! と言った。おびただしい洗濯物がたまっている。大型洗濯機を三台全部回さねばならないだろう。子どもたちの衣類は、ボランティアさんの集めてくれる一般家庭の「不用品」で、大きさにあったものを順番に着る。衣類は近年売りたいほども集まるが、学校に持たせるトレーニングウエアはこまめに洗わなければ、替えがない。今夜中に干して、取り入れは明日の当番保母に頼むと伝言しよう。

屋上に出る踊り場にある洗濯場は、集団で暮らす子どもたち独特の臭気がこもっている。今は窓も扉も開け放ってあるのに、この建物ができて以来、壁や天井が吸い込んだ汗と運動靴の臭いであろう。千紗子が一人ほっとつく溜息も混じっているし、今ごろは子どもたちを寝かしつけている「キッズルーム」の保母たちが、やはり溜息をつく場でもある。

千紗子はピンクの大きな蓋付きバケツをあけた。おねしょをしたり、パンツを汚してしまった子が、下洗いして入れておくバケツである。屈辱感なしに自分で半分始末する、千紗子はその体験をさせたかった。バケツから溢れそうにシーツやパジャマが入っているときがある。空のときは、湿ってかすかに小便くさい空気が立ち上ってくるばかり。今日はどういう訳かパンツが二枚だけで、きちんと洗ってきれいになっている。千紗子はそれも一緒にもう一度洗濯機に入れた。

ここは、子どもたちに帰ってきたときに必ず言わせる「ただいま」の声に元気がないとき、誰にも気付かれないようにそっと呼び出す場でもある。学校や友達との関係が上手くいかずにささくれ立っている子は、その声だけですぐわかる。彼らが一番傷つくのは正面からではなく「施設の子」と馬鹿にされることである。それは千紗子たちの時代から連綿と続いている陰口やあてこすりで、「それがどうした」と正面から問えば、相手はうろたえるばかりである。あるいは「そんなことは言っていない」と逃げられる体勢になる。理屈で追いつめれば、彼らの憎しみが増すだけだ。そして、こちらをひがんでいるとする卑怯さ。だから時には暴力をふるってしまう子もいる。

反抗期の中学生が力いっぱい殴って、相手に怪我をさせてしまったことがあった。その子の家の玄関で、あるいは入院先のベッドの脇で、千紗子は施設長と共に土下座したこともある。どれだけ傷つけられた末の暴力だったかは問われない。「やはり施設の子は……」という目だけが育ってゆく。怪我をさせた中学生ももちろん連れていくが、彼は断固として謝ろうとはしない。千紗子の卑屈さを馬鹿にして、土下座している後ろから尻を蹴られたこともある。だがとりあえず相手に誠心誠意謝罪しなければ、話は始まらないのである。

それからここに呼び出して、二人で深夜まで話し合うことになる。少年が千紗子の話に耳を貸してくれるのは、自身がここで育って悔しい思いを積み重ねてきたからでもあった。自分の体験を一方的に話すだけでも、彼らは心を開いてくれる。彼らがどんなに寂しく、甘えたいのをどれほど我慢してきたかを、誰よりも千紗子はわかっているからだ。どれだけの涙がこのコンクリートの床に吸い込まれたことか。

暴力をふるってしまったのは自分に負けたことだ、怪我をした子の痛みには謝罪しなければならないとまではわかっても、その子を謝りに行かせるのは大変だ。千紗子は一人で家に行かせる。近くまでは一緒に行って、玄関が見えるところで待っている。何度も追い返されるが、何度も行かせる。会ってくれるまで毎日ベルを押し、インターホンで名乗らせる。そのまま引き下がって「おしまい」にはさせない。こちらの気持ちも洗いざらい聞いてもらい、お互いが理解できなければ、大人の演出で「握手」をしても一時凌ぎで終わってしまう。双方の少年がこの過程で学んでいくものがたくさんある、と千紗子は信じている。彼が家に入れてもらえれば、ようやく千紗子はほっと一息つくのである。

(五)

千紗子の時代に、こういう人目につかぬ洗濯場はなかった。深夜まで話を聞いてくれる保母さんもいなかった。おねしょが続いたとき千紗子は途方にくれ、恥辱にまみれた。それは何を契機に始まったのか、自分でもわからない。四歳でこの施設に来て、それ以来四年余り何事もなかったのに、小学校三年が始まって間もなくだった。朝早く、何か妙に冷たくて目が覚めた。そして自分がおねしょをしたと知ったときの、心臓が凍るような恐怖は忘れられない。

どうすればいいか。濡れたものを着替え、シーツをはがして布団を干さねばならない。それはわかっている。問題は、誰にも知られないように始末することだった。三段ベッドの真ん中で。まだ誰も起きていないのが幸いだった。そっと起き出して学校に行く服装に着替え、洗濯物を抱えると、音をたてないようにドアを開ける。当時、洗濯場は洗面所と共通で、コンクリートの長い流し場に、水道の蛇口が等間隔に十数個並んでいた。

洗濯機は、洗って搾り機に挟むと、のし烏賊のようになってハンドルを回すごとに出てくる式のがあるが、千紗子は恐ろしくて使えない。洗い場には誰もいなかったから、千紗子は安心して固形石鹸で洗った。パンツとパジャマは絞れたが、シーツは最初から諦めて、そのまま干した。それから慌てて部屋に戻り、布団を頭に載せて前が見えるように両手を突っ張りながら、物干場に向かった。その時、朝食をつくっていた調理のおばさんたちに見つかったのだった。

「あれれ、布団が動いてる！」

調理場の窓からは普通なら、廊下を行く人の上半身が見える。さっきは足音を忍ばせて屈んで通ったのだった。窓が一斉に開いて、六つの顔が覗いた。千紗子は布団をかぶって顔が見えないようにしたが、

「誰？　誰？」

と、おばさんたちは窓から身を乗り出して覗いている。逃げ出すこともできずに突っ立っていると、息が苦しい。手を入れて空気を通す。

「中山千紗子！」

おばさんの一人がわざわざフルネームで呼んだ。反射的に「ハイ」と返事をする。

「やっちゃったねー。これからは気をつけて干してきなさい」

違うおばさんの声に、布団は再び動き出す。

一番下の段の干し竿だったから、干したシーツからいつまでも雫は落ちて、細長い水溜りとなっている。布団を落とせば一巻の終わりである。渾身の力で千紗子は竿に移して、濡れた方を

上にした。幸い薄い敷布団である。赤、緑、黄色の唐草模様だから、染みができても目立たないだろう。

みんなが起きだすまでに大仕事を終えて、千紗子は疲れてしまった。だがそれは次の日もその次の日も続く地獄の最初の日に過ぎなかったのだ。

気をつけろと言われて思いつくのは、水を飲まないことである。夕方から水分を摂らないことにした。喉が渇いても番茶も水も飲まない。夕食に味噌汁がついていてもいらないと断った。風呂のある日に出る、みんなが楽しみにしている小さなヤクルトも飲まなかった。そんなにまでしているのに、おねしょは続くのだ。

どこの家にもある座布団の類が、施設にはない。それで遂に、千紗子は学校で盗みをした。教室の椅子に座布団を括りつけている子が、当時は半分以上いた。掃除当番の時最後まで残って「片づけしておくから」と友達を帰らせ、隣のクラスの座布団を盗んだのである。寝るとき、敷き布団は畳んだまま足元に置き、座布団を自分の腰に括りつける。ウレタンの座布団は洗っても早く乾くだろう。幼いながら必死で考えた知恵であった。それで漸く安心して千紗子は眠ることができた。

安心して眠っても、いつも同じ夢を見る。みんなで遠足に行っている。学校からのときもあるし、ホームからのときもある。千紗子はトイレに行きたいのだが、あたりには何もない。広い芝生の公園のような、見通しのいいところばかりが続く。

遠足の行列が進んで行くと、萱のような背の高い叢がいくつか現れた。
「あすこならいい」
千紗子の他にも何人かが走って行く。千紗子も我慢の限界で急いで行く。叢にしゃがんでから
も不安になる。本当にここでオシッコをしてもいいのだろうか。でもさっさとしないと行列は
行ってしまって迷子になる。いいのだ、ここでいいのだ、ここ以外にはないと自分に言い聞かせ
て、ようやく千紗子はオシッコをする。そこではっと目が覚めるときもあれば、解放感と共に再
び眠りに落ちるときもある。どちらにしても、おねしょをしたことに変わりはなかった。真夏に
なると自然になくなったが、千紗子には生涯の刻印のようにみじめな数ヶ月であった。自分の身
体が異常に臭く、「おねしょをしています」と大きな字で書かれた看板が背中にくっついている
気がした。
自分が許せず、自信がなく、人間よりも劣った生き物になったような気がした。臭いいぼいぼ
のヒキガエルか、ドブネズミのような……。火山の火口から飛び込んで、自分を跡形もなく消し
てしまいたかった。それとも無茶苦茶に暴れて、ここから追い出されたらいい。後はどうなって
もかまわない。
でも結局何もできないのだった。三台の洗濯機が回る単調な音を聞いていると、つい昔のこと
が思い出されて、千紗子は切なくなった。あの頃の自分を抱きしめてやりたい。
ここでは寒い季節にこっそりと、誰かが煙草を吸っていることもある。ここから見える叢で赤

い光が点滅していることもある。吸っているのは中学生や高校生とは限らない。やり場のないストレスを抱えた保母が、何人も煙草を吸っているのを千紗子は知っている。粗いコンクリートの肌が吸い込んだ、これは秘密の臭いなのかもしれない。

とりとめもなくそんなことを思い出したのは、今夜は他に誰もいないからだろう。

（六）

一人になれる時間は最高の贅沢である。今それを満喫しているのだとの思いは、慌しく階段を駆け上がってくる足音で破られた。

「松尾せんせー！　松尾せんせー」

苦しい息と共に叫ぶ声である。「キッズルーム」の若い保母だった。

「どうしたの」

「翼、来てない、ね」

千紗子が一人なのを確かめて、うろうろと周りを見回している。

「いないの翼？　いつから」

「お風呂から出て、パジャマに着替えるところまでは確認している」

二人は既に走っていた。

「たんぽぽは?」

「もちろん行った」

「キッズルーム」にも「たんぽぽ」にもいない。それ以外に翼はどこを知っているだろう。階段を駆け下りながら、千紗子は胸の中で必死に「翼! 翼!」と呼びかけていた。

「どこにいるの」

もう一度「たんぽぽ」のリビングに飛び込んだ。まだカレーの匂いが鼻をつく。九時を少し回った時間だが、小学生以上の子どもたちはみな起きている。食堂のテーブルには布巾をかけた皿が残っていて、アルバイトの高校生はまだ帰っていないとわかる。他の子はリビングで折り重なるようにテレビをみていた。

「翼、来なかった?」

「さっきも言われたけど」

「夕方帰ったきりだよ」

「ね、ね。翼、脱走したの?」

ソファから身体を起こしたのは麻衣子だ。何だか声がはずんでいる。

「馬鹿なこと言わないで。誰かのベッドで眠ってるかもしれない」

そうに違いないと自分で気がついて、千紗子は子どもたちの勉強部屋兼寝室に走った。「今日は何曜日?」と尋ねた翼の声が、木魂のように響いて聞こえるが、千紗子は慌てて否定した。そんなことは毎週あることだ。火曜日に取材を受けたことも、彼はどのように記憶しているか。取材されたといっても記者に「翼君は何が好き?」と聞かれ、黙って保母の後ろに隠れただけだった。

「何が好きか教えてあげて」と「キッズルーム」の保母に何度も促されて、翼は、

「オムレツ、えぷろん、車、あんぱんまん」

と一つ一つが重大情報のように考えながら、囁くように言ったのだった。エプロンが好きというのは、千紗子にしかわからなかったろう。翼の発した言葉はそれだけだから、記事は記者の感性で書くのである。

「『森の家』のアイドル。与勇輝の人形『妖精』のような翼君、もうすぐ三歳。お絵かきが得意でアンパンマンが大好き、砂を固めてカメがつくれるよ」と書かれていた。それは保母が言ったことである。「彼だけに向き合ってくれる家族が欲しい」と、これは誰の場合にも使われる常用語だが、本当に可愛い翼の写真に添えられていると、その言葉が特別の色合いを持つように思われる。

千紗子は家に、もちろん誰も連れて行ったことはない。千紗子のいなくなることを恐れたとしても、翼にはどこにも行くところなどなかった。それに月曜には「おはよう」と会えるのだ。

保育所に通う子ども三人の眠る部屋をそっと開けると、慌てて眠る振りをした気配である。子ども用のベッドを順にそっと覗いてみたが、三人ともタオルケットはそれぞれのささやかな膨みしか持ってはいない。

小学生は一部屋に二段ベッドを二つ、それぞれ壁際に置き、その間に机を並べている。中学生

も同じだが、いまは二人の中学生と一人の高校生が一つの部屋にいる。大学を目指す高校生には、勉強のために個室が与えられている。みんな厳しく躾けているので、眠るまで布団はベッドの上に畳まれている。あとは千紗子の部屋だけだ。自分の部屋にいるかもしれないという期待で、千紗子は最後に自分の部屋を開けたのだったが、中には湿っぽい空気が詰まっているだけだった。

「翼！」

と声に出して呼んでみると、本当に彼がいなくなったのだと実感されそうで怖い。小さな声で呼んでみるが、何の反応もない。

翼はこの施設以外の場所を知らない。彼を産んだ母親は、まだ成熟しない高校生の年代で、街中で産気づき救急車で病院に運ばれたという。推定八ヶ月の未熟児であった翼を産み落とすと、その翌日病院から逃げた。病院に告げた住所も電話番号も、でたらめなものだったという。まだ幼さの残る少女が妊娠して、誰にも相談できず、自分の身体の異変に気付く。どんなに恐ろしかったろう。どんなに心細かったろう。彼女に母親はいないのか、姉妹は？　いれば誰かが気付いたはずなのに。十六、七の少女に、それでも住所や電話番号を偽る世知があったのだ。千紗子は会ったことのない翼を生んだ少女に、母親のような感情を持っている。そうすると翼は孫になるのかと、ときどき苦笑する。

どこにも連絡の取りようはなく、保育器を出るとすぐ彼は児童相談所を通してこの施設に来ることになった。未熟児の名残りは著しく、運動にも知能にも発達障害があるという。児童相談所から行き場のない赤ん坊を受け入れたときから、職員の誰もがこの子は高校を卒業するまでここで暮らす運命だと感じていた。あるいは義務教育だけかもしれない。土井という苗字は彼の母親が自分を土井由加里と名乗ったからで、「翼」は「森の家」の施設長が命名した。立派な翼で羽ばたいてゆくように。

だがその名前が皮肉にも思えるほど、彼の大きな瞳は溢れるほどの「不安」で充たされている。職員の誰もがその不安を取り除きたいと願ったが、親指を一心に吸っているときも、彼の哀しいほど澄んだ瞳から「不安」は消えない。自分の将来を考える年齢でもなく、またそんな能力もないとされているのに。何度「あなたの愛の手を」の欄に取り上げられても、彼はここを住処としなければならないだろう。「森の家」の、掃いても掃いても切りのない落葉をかき集めて、わずかな小遣いをもらう十数年後の彼の姿を、時に千紗子は想像する。ここにしか彼の居場所はないだろうと感じながら、まだ三歳にもならない子どもの未来を予測していることに、その自分の神経に戦慄する。

途中で翼がいなくなるなどと想像したこともなかった。ありったけの懐中電灯を集めて、「森の家」のある山と麓を探すしかない。思いついて千紗子は自分の車を止めている、「たんぽぽ」の建物裏にある駐車場に走った。職員の車が片隅に並んでいる。業者もボランティアも、「見学者」も車を止められるよう広くつくられた駐車場である。山の斜面だから段々畑風に広げて、駐車場は建物の一段下にある。並んだ車の屋根に灯りが反射して、それぞれの色彩で鈍く光っていた。湿った木々の匂いが無機質な車を覆っている。すべての車の下まで覗いてみるが、犬も猫も蛙も、生き物の気配は何もない。

翼は車が好きだった。風邪を引いて具合が悪いときは、窓の傍に椅子を出して掛けさせる。親指を吸いながら駐車場に出入りする車を見ていると気分がまぎれるのだろう。そのまま眠って椅子から転がり落ちたこともあった。最後の頼みの綱が切れた思いで、千紗子は天を仰いだ。空に星なく、ただ暗いだけ。視界の中を光るものが過ぎ、いくつかの懐中電灯があたりに光を投げながら、山を上り下りしているのだとわかる。

「ツバサー！　ツーバーサー！」と呼ぶ声がくぐもって聞こえる。

千紗子は身体が動かず、立ちすくんでいた。翼はどこに消えたのか……。

「かみさま……翼に何があったのですか」

天を仰いで、もう一度千紗子は心の中で叫んだ。こんなときは、わめきながら走り回る方がよほど楽だ。自分が何かをしている、せめてその感覚が欲しいから……。だのに千紗子は動けない。

「かみさま！」と再び天を仰いだとき、「落ち着いて、大丈夫だから！」と言う庄司先生の声が、どこからか聞こえた気がした。その声に千紗子は縋りつく。「庄司先生、助けてください！」

（七）

庄司先生は、四十二歳になった千紗子が、保育専門学校に入ってからめぐり会った恩師である。千紗子が「森の家」の保母になったのも、庄司先生の強い勧めがあったからだった。「森の家」から、即戦力になる学生を推薦してほしいと頼まれて、先生はすぐ千紗子を思い浮かべたという。自分の育った施設で働くことに拒否反応のようなものがあったが、先生はそれこそ自分との闘いだと言われた。そして、

「施設にいた頃の幼いあなたが、保母になったあなたを助けてくれますよ」

と付け加えられた。卒業半年前に千紗子の進路は決まったのだった。

学生の中で千紗子はただひとりの「主婦」だった。高校を卒業してすぐに入った子もいれば、何年か他の仕事をして、やはり自分に向いた仕事をしたいと入学した人もいた。だが千紗子のように中年の学生はいなかった。昼間は二年間、夜間なら三年の修学期間である。

千紗子は昼間の学生になり、卒業後はできれば幼稚園か保育所で働きたいと思っていた。二人の子どものうち一人は既に社会人で他県に住み、一人も大学に入って大都市で下宿生活を送っている。おそらくそのまま就職となるだろう。二十歳で結婚した千紗子は、早く子どもたちから解放された。一般に施設出身者の結婚は早いといわれている。反対する親や親戚もなく、どこかに

傷を持つ者同士は同類の匂いを嗅ぎ当てて、強烈に惹かれあう。捜していた自分の分身を、やっと見つけたような感覚で結婚した。

千紗子は五歳年上の夫に、父親を求めたのだと思う。物心ついたとき、既に父親はいなかったし、「お父さんはどうしたの?」と聞きたいとき、問う母も消えていて、一人で施設にいた。夫の事情も似たようなものである。おたがいに父や母を求め、濃密な世界ではあっても、親とつれあいは同じではない。わかりきったことを、それでも求めずにはいられなかったのだったろう。「子どものいる夫婦」に変わって、子どもを育てる間、二人は「理想的な親」になろうとした。自分に親がいればこうもしてくれたろう、ああもしてくれたろうと思い描く理想的な両親である。だが自然でないことは、人間を芯から疲れさせる。子どもたちが巣立っていくと、お互い無関心でいよう、好きなことをしようというのが暗黙の了解となった。

施設出身者同士の結婚には、「親の介護」というものがない。子どもの手が離れれば、即自由が手に入るのだ。高校の同級生たちから、ぼつぼつ老いた親や病気の親の面倒をみなければならないという話を聞いたとき、千紗子は「神様は案外平等だ」と思ったものである。

夫は千紗子とは別の施設だったが工業高校に行き、大工の修業をして工務店に勤めている。千紗子は結婚後は専業主婦だったが、子どもたちが小学校に行くようになると、近くのスーパーで十年近く品出しの仕事をした。そして夫が大工なのに自分たちの家は建てられず、小さな建売の一軒家を買った。だが、人並みの暮らしができるようになって、千紗子は何か充たされないのである。身の回りがうそうそと寂しい。いまさらもう一人子どもを産める歳でもなく、その情熱もない。いずれ孫というものができるだろうが、いつのことか……。膝のあたりにまとわりつく子どもの世話がしたい、子どもたちに触れていたい、それがそのときの千紗子の気持ちであった。

それで迷わず千紗子は保育専門学校に入ったのだった。資格をとって働きたいというより、子どもの心理や発達の段階をきちんと学びたかった。家から自転車で通えるところにその学校があったのも大きな魅力だった。

(八)

庄司先生はそこで児童精神医学の講義をされた。先生の話は一般論ではなく、とても具体的だった。それは先生が、病院の精神科と小児科の臨床医として長い経験を持っておられたからだろう。「眠り姫」と密かに千紗子が呼んでいた同級生の娘たちも、先生の講義のときは食いついていた。みんなが見えない糸で先生の話の中に編みこまれていくようだった。先生はあらゆる事例を、自分が体験したこととして話された。いくら長い医師生活があったとはいえ、全部が直接の体験談だとは思えない。けれども語りの面白さと話のリアリティに、どれも先生の体験されたことだと信じてしまう。

「こんなことがありました」と柔らかな口調で語り始められると、講義というよりは、囲炉裏端で昔話を聞いているような心地よさで、話に引き込まれる。

　年度末最後の講義は、千紗子に大きな影響を与えた。自分のやるべきことが、はっきりわかった気がした。「先生のたっての望みだから」と半ば義務的に承諾した「森の家」の保母を、自分のすべてをぶつけてやり遂げようと情熱を燃やしたのも、その講義からだった。

　先生の癖である美しい銀髪を掻き揚げたり、眼鏡の中央をときどき押し上げたりしながら話されたことを、千紗子は決して忘れない。教室は静まり返り、次第に空気が引き締まっていくのがわかった。そして学生たちはそれぞれ自分の胸に、忘れられない一人の少年を住まわせることになったのだった。


「こんなことがありました。僕はまだ若くて、二人目の子どもの父親になったばかりの頃でした」

　先生の講義はいつもの調子で始まった。

　先生がある県の海辺の総合病院に、小児科の医者として勤務していたときだった。そこは昔結核療養所だったところで、広い敷地を持っていた。建物は新しく建て替えられていたが、海岸線に沿って松林があり、潮騒と松籟が年中聞こえるところだった。長期の療養が必要だった結核患者にとって、必要な美しい環境だった。

　住民は昔から漁業に携わる人が多く、軒の低い漁師町特有の家並みが続く。地域の総合病院となって間もなく、その近くの町に製油所ができて、そこで働く人も住むようになった。僕は（先生はご自分のことをそう呼ばれた）漁師町のはずれに借家を借りて住んでいたが、家と病院を往復するばかりで、町の事情には全く無知だった。

僕の妻は都会で育っているが、子どもを持つ母親の強みで、多くの友達や育児仲間をつくったようだった。僕の話は、だからほとんど妻から仕入れたものだ。彼女は情熱的に喋る人で、僕も話を聞くのが楽しみだった。

Kさんはやはり製油所関係の仕事でこの町に住むようになった人だった。ただ、ご主人は近くに実家があると聞いた。夫婦と子ども二人という家族構成も僕の家族と同じで、妻はたちまち親しくなった。Kさんも都会育ちだが、僕の妻とは違って大変繊細な人で、開けっぴろげで人付き合いの「距離感」が違うこの町には、なかなか馴染めないようだった。

僕はあるとき、Kさん一家と県庁所在地のデパートで出会ったことがある。なるほど田舎町では「浮く」、洗練された一家だと感じた。妻の言うには、Kさんのご主人は何とかという俳優に似ているそうで、そんな事情に疎い僕はすぐ名前を忘れたが、背の高いとてもハンサムな人だった。彼は自分で赤ちゃんを抱っこして、妻たちの紹介に気持のいい笑顔でお辞儀をされた。奥さんは垢ぬけた服装で、三歳の男の子の手を引き、肩にかけていたのはブランド物のバッグだったという。

僕は職業のせいか、子どもにすぐ目がいった。上の男の子は賢そうな大きな目で、僕の息子を見ていた。赤いネクタイを締めて、紺色のスーツを着ている。彼の瞳が神経質に瞬くのと、顔色の少し青白いのが気になった。だがこれは潮風に晒された人や子どもたちを見慣れていたから、そう思えたのだろう。幼稚園に行くようになって、外遊びをすれば何の問題もないと気にはしなかった。女の赤ちゃんはしっかりした固太りで人懐っこく、覗きこんだ僕にも笑ってくれた。一家は「幸せ家族」のモデルのようだった。

その翌年だったと思うけれども、Kさん一家は瀬戸内沿いの大きな街に引っ越されることになった。ご主人の転勤だったが、交通の便も幼稚園の選択肢も多く、病院などの医療設備もいい都会に行かれてよかった、と妻は話していた。人はいいのだが口うるさく、いつも潮風に逆らって大声で話す人たちの中では、Kさんは疲れるだろうと思っていたという。妻は寂しかっただろうが、そんなことは口にはしなかった。

それから数ヶ月経った頃、思いがけず僕はテレビのニュースでKさんのご主人の名前を見つけることになった。石油コンビナートで爆発火災事故があり、夜空に赤々と燃える炎と黒煙が映され、死亡者と重傷者の名前が出たのである。幸い「死亡」のところにKさんのご主人は上がらなかったけれど、重傷者の中にその名があった。何気なく見ていたテレビで知人の名を見つけて、僕も妻も一瞬意味不明な叫び声を上げて、テレビに走り寄った。

彼はこの町の出身者で少し前までここに住んでいたし、漁村に親戚がいたことから、この地の人たちにもこれは「大事件」だった。あちこちで多くの噂が囁かれ、町中に溢れた。

数日してどうやら症状は落ち着いたらしい、意識もしっかりしているという話を妻が仕入れてきた。ほっとした、よかったと親戚の人たちや妻も安堵しているのを見て、逆に僕は不安になった。「火傷は三分の二でダメなんだが、彼の場合どの程度だったのか。急場はしのげてもそれで快方に向かうとは限らない……。死んでしまった細胞が人体にこれからどう影響してゆくか……」。その時よぎった不安を、僕は明瞭に覚えている。

それは、不幸にも僕の予感が的中してしまったからだったろう。彼は尿毒症を起こして亡くなってしまった。葬儀一切を済ませた後、幼い子どもを抱え色々考えたあげくだろうが、Kさんは再びこの町に帰ってこられた。ご主人の実家に同居するのではなく、以前と同様に近くに二階家を借りて生活される道を選ばれた。

面白いというと実に不謹慎だが、こういう場合の閉鎖的な社会の受け入れようは、劇的に変化する。Kさんたちが「幸せ家族」だったときは、通りいっぺんの付き合いはするものの、それ以上では決してなかった。むしろあら捜しをして、親が近くにいるのに毎日顔を見せないだの、すぐ大きくなる子どもに高価な服を着せているだの、高い化粧品を使っているだのと、どうでもいいことが噂話の種になった。ところが彼女が悲劇を背負って戻ってくると、人々はわれ先に親切を見せ、それを競うような具合であった。野菜や魚は毎日届けられる、漬物や料理の一品を持って行く人もいる。

またそれが彼女には重荷になるのではないかと、家で妻と密かに案じたものだった。Kさんと妻との付き合いはすぐ復活して、以前にも増して親密になった。そんなある日に妻がKさんからこんな話を聞いてきた。Kさんは妻に話すことで、間接的に僕の意見を求めていたのかもしれない。

少し時間を遡って、妻が聞いてきた話をまとめてみる。親子四人が新しい赴任地にいかれた当時のことである。彼らの住まいは小高いところにあるマンション式社宅の四階だったという。ベランダに出ると雑木林が眼下に広がって、製油所との緩衝地帯となっている。緑地帯にさえぎられて工場は見えないが、銀色に輝く大きなタンクが正面にあった。何基かあるうちの一つだが、タンクの背後に海が迫り、時ごとに色を変える海面を映して光を放ったという。

引っ越して、まだ荷物の整理に追われるKさんにかまってもらえない坊やは、いつもベランダからこのタンクを見ていたそうだ。そのことをKさんが、ご主人に話されたのだろう。何日目かにベランダから「パパだ！　パパだ。ママ早く！」と叫ぶ興奮した坊やの声が聞こえてきた。Kさんが慌ててベランダに出てみると、空から舞い降りたスーパーマンのように、夫がタンクの上に立って手を振っていた。坊やも叫びながら跳び上がり、身体中で手を振っている。

それから毎日、雨の日を除いて昼休みにはタンクで手を振る夫と坊やの交流が続いた。垂直のはしごを登ってタンクの上に立つ夫は、タンクと海からの光を受けて文字通り輝いていた。その子にとって、父親は奇跡のスーパーマンだったのだろう。

そして、戻ってきた町の二階からも同じように、製油所のタンクが見えるのだった。Kさんが二階のもの干し場に行ってみると、タンクに向かって一心に手を振る坊やがいた。タンクの上にはもちろん誰もいない。以前のところとは逆に、入り江の向こう側にタンクは鈍く光るばかりである。Ｋさんは足音を忍ばせて、そっと階段を下りたという。次の日も、その次の日も彼は二階の物干し場から、黙って手を振っていた。幻の父親に向かって……。先生はここまで語ると、学生たちを見回して問われた。

「こういうとき、あなたがその子の傍にいたらどうしますか」

　誰も答える者はなかった。

「お父さんはもういないのだ、という現実を認識させようと努力しますか。それとも彼の気がすむまで手を振れば、やがて飽きるか諦めるだろうとそのままにしておきますか」

　先生はもとより、学生の答えを期待されたのではなかったろう。誰もが息を殺して、先生の次の言葉を待ち受けた。学生たちの集中する視線が痛いというように天井を仰ぎ、窓の外に視線を放って、先生は独り言のように呟かれた。

「わたしは君たちに、そういうときは子どもの傍に寄り添って、一緒に手を振ってくれる人になって欲しいと思います。見えない父親に一緒に手を振って欲しい。あなたが悲しくなって涙が溢れても、そのまま手を振り続けていてほしい。この子が『自分は一人ぼっちじゃない』と感じてくれれば、それでいいのです。あなたの涙を見たとき、この子は大人も悲しければ泣き、しかも自分のために悲しんでいると、漠然とでも感じるのではないでしょうか。それが父親を失った喪失感から、悲しみから、自ら立ち直れる最初の第一歩を踏み出せる契機になると思います。子どもが深い悲しみのさなかにあるとき、何かを教えようとしてもお説教をしても、彼らの心には届きません。問題のある子は、問題を抱えて苦しんでいるのです。気がつけば傍にあなたが寄り添っているというさりげなさで、一緒にいてあげてください。どうかお願いします」

そう言って先生は、学生たちに深々とお辞儀をなさったのだった。もちろん一字一句その通りだった訳ではない。先生の話はもっと長く、深かったように思う。だがそのときの教室の空気や、自分の頬を流れた涙のぬくもりを千紗子は鮮明に覚えている。

（九）

いつも翼に寄り添っていたつもりであった。それともただ翼が千紗子にくっついていただけだろうか。あるいはまた、幻の「手を振る少年」と、翼をどこかで重ねていたのだろうか。あの少年と翼は、全く違っているのに。自分の担当する「たんぽぽホーム」十二名の子どもたちにさえ、先生の言われた「寄り添って見守り続ける」ことは難しい。小憎らしいことをわざと言う子や、こちらを意識的に無視する子に腹を立てることもある。

「庄司先生、わたしは今どうすればいいのでしょう」

「庄司先生は、子どもに寄り添うとはどういうことかを教えてくださいました。わたしは自分では一所懸命でしたけれど、どこか間違っていたのでしょうか」

「たった今どちらを向いて走ればいいのですか、それすらわかりません」

と問い続けながら千紗子は建物に戻っていった。翼が真っ暗な夜の森に出かけるとは、どうしても信じられない。それならば、みんなが気の付かないどこかで眠りこんでいるのではあるまいか。落ち着いたせいか、その考えが浮かんだ。トイレ？　トイレは「キッズルーム」の保母が調べたと言っていた。すべてのドアを開け放って。風呂場は？　もちろんいなかったと言う。だが、浴槽は？　千紗子の脳裏に浴槽の底に沈んでいる翼の姿がよぎる。そんな馬鹿な！　自分の頭に浮かんだイメージを振り払いながら、千紗子は全力で走り出していた。「キッズルーム」の風呂場に向かって。


白熱灯をつけた風呂場は、十八人もの子どもたちと保母たちが使った後の、蒸された空気に充ちていた。網戸だけであっても、まだシャンプーと汗と湯の臭いが残っている。温泉場の大衆浴場によくあるような浴槽で、黄色、オレンジ、緑のカラフルなタイルが貼られている。三歳の子どもでも持てる細い木の蓋が並べてある。最後の子どもは、きちんと蓋をするように躾けられているのだが、隙間だらけで何枚かは余って立てかけられている。一番手前の蓋をはずしてみて、千紗子は叫びそうになる声を呑みこんだ。パジャマのままの翼が浴槽にもたれて、眠っていた。

みんなが使った後の湯は翼の腹のあたりまでしかない。左手に、入浴後にみんながもらうヤクルトの小さな空きボトルを握り、右手の親指はくわえたままである。よくぞもたれたままで、倒れなかったものだ。三〇センチ足らずの湯でも、溺死することはあり得るだろう。

深い安堵の溜息をつきながら、蓋を押しのけて千紗子も浴槽に入った。生温かい湯は千紗子のふくらはぎのあたりである。

「翼、こんなところで何をしてるのよ」と呟いて、千紗子も湯の中にしゃがみこんだ。ピンクに染まった翼の頬に、長い睫毛が影を落としている。額の両脇には青い血管と共に玉の汗が浮いている。パジャマに着替えた後、どうしてまた風呂場に入り込んだのか。翼に理由を聞きただしても無駄だろう。

翼の汗を掌でぬぐっていると、涙が溢れ出た。翼には、ここが一番安心できたところなのだろう。一人で気持ちよく過ごせる場所だったのだろう。母親の胎内で浸っていた羊水が懐かしかったのか。千紗子は気付かなかったが、集団生活の中で翼はいつも緊張していたのではあるまいか。「一人でいるのが最高の贅沢」は、翼にも言えることだったのだ。抱き起こそうとして千紗子はまた、ふと思った。もう一度翼は、母親の胎内から始めたいと無意識に願ったのかもしれない。新たな自分を誕生させたいのかもしれないと。

千紗子は目の前の翼を、たった今自分が産み落としたばかりのような気がした。自分の胎内から羊水ごと引き上げるように、温かい湯を垂らす翼を抱き上げた。

参考文献　「峡」No.38　書きたい同人発行「藪の小径」

草川八重子（くさかわ・やえこ）
1934 年　京都市右京区で誕生
1953 年　京都市立西京高校卒業
1953 年　全電通大阪天満支部書記として就職
著書に『女の水脈』（毎日新聞社）1983 年、『少女の季節』（沖積舎）1989 年、『風の伝言』（かもがわ出版）1990 年、『海を抱く』（新日本出版社）1992 年、『奔馬河上肇の妻』（角川書店）1996 年、『山の慟哭』（未来工房）1998 年、『お月さまはお空のバナナ』（未来工房）1999 年、『空飛ぶおばあさん』（本の泉社）2000 年、『ある巨木——蔡東隆ものがたり』（かもがわ出版）2001 年

黄色いコスモス

2023年12月20日　初版第 1 刷発行

著者 ——草川八重子
発行者 —平田　勝
発行 ——花伝社
発売 ——共栄書房
〒101-0065　東京都千代田区西神田2-5-11出版輸送ビル2F
電話　03-3263-3813
FAX　03-3239-8272
E-mail　info@kadensha.net
URL　https://www.kadensha.net
振替 ——00140-6-59661
装幀 ——佐々木正見
装画 ——平田真咲
印刷・製本— 中央精版印刷株式会社

ISBN978-4-7634-2094-7 C0093